LOCUS

LOCUS

mark

這個系列標記的是一些人、一些事件與活動。

mark 140

親愛的馬塞爾今晚離開我們

—— 普魯斯特的最後一頁

亨利 ・哈齊默（Henri Raczymow） 著
陳太乙 譯

編輯：連翠茉
校對：呂佳真
美術設計：許慈力

出版者：大塊文化出版股份有限公司
台北市 105 南京東路四段 25 號 11 樓
www.locuspublishing.com
讀者服務專線：0800-006689 TEL：(02) 87123898
FAX：(02) 87123897
郵撥帳號：18955675
戶名：大塊文化出版股份有限公司
e-mail:locus@locuspublishing.com
法律顧問：董安丹律師、顧慕堯律師

總經銷：大和書報圖書股份有限公司
地址：新北市新莊區五工五路 2 號
TEL：(02) 89902588（代表號） FAX：(02) 22901658

初版一刷：2018 年 8 月
定價：新台幣 280 元

ISBN 978-986-213-906-6
Printed in Taiwan

親愛的馬塞爾今晚離開我們了

Notre cher Marcel
est mort ce soir

普魯斯特的最後一頁

Henri Raczymow
亨利・哈齊默——著
陳太乙——譯

*

一個男人，既像個老頭兒又像個年輕人，動也不動地躺在床上，在一棟他自稱為貧民窟的公寓房間裡。什麼吃的也沒有，因為他對食物已沒有任何一點欲求，僅能辛苦地吸啜一點女管家端來的加奶咖啡。消瘦，蒼白，蓄著「先知」鬍；當初這麼虛構那個病得快死了的斯萬（Swann）時，他認為設定得挺好的；而今他也一樣病入膏肓。每天，有時用他的蘸墨鋼筆，有時請女管家或速記小姐記下他念出的內容，頂多也只能寫寫感謝函，回應人家給他的讚美，回應國內國外特地為他而作的文章和研究，或者粗魯地怪罪他的編輯、校對和印刷廠。畢竟，他的書似乎完成了，因為他已經寫下結局，甚至在可算是最後一頁的稿紙下方，一筆一畫寫下「完」這個字，最後對他來說最重要的是，極盡僅剩的力氣滋養它。

吞下所有藥物，有時為了補補未能真正成眠的睡眠，小憩一下，幾個鐘頭，或者幾天；有時為了能再清醒幾個鐘頭或者幾天，以便激發新的感受，更完美地追憶他筆下某幾位人物之垂死狀態：祖母、貝戈特、斯萬皆以他本人為原型。他也不再出門，要不就如最近，頂多一個月一次，只為了去確認某個最終的細節：一件洋裝，一種說法，一段親緣關係，一個樣貌上的特徵。回家之後當然筋疲力盡，比先前更累；一面還要感謝各家主人慷慨的邀請，他們不知道，這場邀請讓他付出多麼昂貴的代價，又感到多麼充實富足。

房間裡光線十分微弱，僅透著一層暗綠色的亮光，因為使用煙燻療法的緣故，空氣中滿是懸浮雲霧，讓人恍如置身高山；事實上，煙霧使得所有人，除了他以外，根本無法呼吸。床鋪與床頭小桌上擺滿書籍、報紙、刊物，以及沾染了藥草茶漬並滿載他顫抖筆跡的淺綠色信封，勉強可辨認出聖盧（Saint-Loup）和希爾貝特・斯萬—福什維爾（Gilberte Swann-Forcheville）的姓名；另外還有一疊疊筆記本，他大致能從中找出需要插入增添的段落，自己寫上，或是口述讓女管家或速記小姐記上。速記小姐是女管家的姪女。

他拒絕看醫生，揚言比他們更清楚自己的狀況。他隨時可以死。他用顫抖的手畫下「完」這個字，因極度的虛弱而顫抖，也因激動的情緒而顫抖。每一分鐘、每一小時、每一天，他得以倖存的光陰都將用於這樣的添補，精心的修飾，針對某個人物的行為所做的註記，為了引發豐富的感受，使之更完整，更真實，更能準確地體會到真相。只要把這一切妥善地記錄下來，死了也無所謂。他的作品既可說已完成，也可說未完成，永遠正在書寫中。這是一部不可能完成的作品，一部會增生繁衍之作，精準且前所未聞的畫面不斷轉移；若編輯氣急敗壞，抓頭跳腳，也只好自認倒楣，縱使是二十世紀最強大的編輯也不例外。他把校稿樣版拿來重新再讀，並非為了訂正瑕疵小錯誤，而是為了壯大他的作品，讓它更臻完美，釐清曖昧不明之處，把自己的死也刻畫進去。因此，不僅他的一生，就連他的死亡，也將在書中化成文字，具有風格，如真理一般正確。等他全部都寫出來，寫出他交織混雜的生與死，成為永恆，他就可以真的死去。他不需要，不再需要醫生，也不需要弟弟，他親愛的弟弟也一直想盡全力醫治他。他們什麼都不知道，什麼也不懂。他並不是為了抵抗死亡而掙扎。他掙扎是為了讓他的文字，最後的文字，讀起來再更順暢一些。不久之後，在他上方，棺木即將蓋上，那將是他那本書的封面。但願人們不要誤解，願他們能解讀，願成品如他當初所希望的那樣，呈現最高的清晰度。然後，願人們能讓他沉睡……然後死去，這樣就好，不要痛苦，他要求的就只有這些。他知道他的作品將延續他的生命。他可以死去。如今，這幾十年來的作家皆已感受不到這份篤定。因此，他們知道自己將死得沒沒無聞，跟所有凡人一樣。

利瑪先生堅持要立刻見到普魯斯特先生。他看起來激動失控，隨時準備像頭野牛似地衝進走廊。好吧，她去看看普魯斯特先生是否願意，有時候……

他醒著。顯然，他剛做了煙燻治療（房裡的天氣完全是陰天多雲的樣子），他喝完了他的咖啡（木碗是空的）。

—先生，我有一個大消息要向您宣布。希望能讓您高興：您得了龔固爾獎！

—喔，是嗎？

—是的，先生，得獎了……而且為了這件事，伽利瑪先生來了，在門口，還

---

1 Léon Daudet（一八六七至一九四二年），法國作家，記者，政治人物。作家阿爾馮斯．都德（Alphonse Daudet）的長子，普魯斯特從小到大的摯友。

2 Céleste Albaret（一八九一至一九八四年），本名奧古絲汀．塞萊絲特．吉內斯特（Augustine Céleste Gineste）在丈夫歐迪隆．阿巴瑞爾的引介下，成為普魯斯特的女管家，其忠心耿耿，為人稱道。

3 Gaston Gallimard（一八八一至一九七五年），法國百年出版社伽利瑪的創辦人。

4 Jacques Rivière（一八八六至一九二五年），法國文人，一九一九年起擔任《新法蘭西評論》雜誌的主編，直到去世。

5 Jean Gustave Tronche（一八八四至一九七四年），一九一二至一九二二年間擔任新法蘭西評論出版社的發行人。

帶著希維耶爾先生和特隆須先生。他們看起來很興奮，就像野牛似的……差一點就強行闖進來，順便用他們粗重的蹄子把我踩扁。不過我總算把他們攔下了。

即使如此，我的回答是「不」，親愛的塞萊絲特。普魯斯特不接見他們。或許改天吧！讓他們另找一個晚上過來，或者乾脆就今天晚上。這樣吧，塞萊絲特，晚上十點左右，也許，讓他們再試一次。他現在的狀態不適合。請您替我好好感謝伽利瑪先生。感謝他所做的一切。

塞萊絲特遵照指示，轉身往門口走去，她把幾位夜間訪客留在那兒苦苦久候。普魯斯特先生……她開口轉達。加斯東暴跳如雷。他原本應該趕去阿布維勒（Abbeville）的印刷廠，催他們趕工印製一九一九年的龔固爾獎作品，眼前作者卻連見他一面都不肯！去阿布維勒，好極了！可真令人大開眼界，天殺的！

塞萊絲特回到病人身邊，稍微再加了把勁。他同意了，好吧，但只見伽利瑪先生一人。我親愛的馬塞爾，這麼做您說好不好？辦個宴會慶祝這件喜事，一般都會這麼做。我的回答是「不」，我親愛的加斯東，這太可笑了。

簡短的晤談結束後，普魯斯特命令塞萊絲特別再讓任何人進屋，不論記者、攝影師或文藝界人士。她也不准回答任何訪客的任何問題，什麼都別說，三緘其口。他在嘴唇前比畫了個叉。

隔天，態度反轉，他接見了所有有頭有臉的社交人士，加斯東・伽利瑪、雅克・希維耶爾、居斯塔夫・特隆須。還有《法國行動公報》（*L'Action française*）的雷昂・都德，這是應該的，他為他四處奔波盡了那麼多力。新法蘭西評論團隊剛好在此巧遇都德，這個被他們視為粗鄙俗氣之人。災難在所難免，普魯斯特感到氣喘快發作了，他有預感這次很嚴重，於是將這批訪客打發走。氣喘發作完，保羅・莫杭[6]（Paul Morand）來了。帶來同時角逐獎項之候選人，羅蘭・多傑列斯（Roland Dorgelès）的小說《木十字架》（*Les Croix de bois*），由阿爾賓米歇爾出版社（Albin Michel）出版。書本上的書腰，厚顏地用大大的字體印著「龔固爾獎」炫耀，再

6 Paul Morand（一八八八至一九七六年），法國著名作家，法蘭西學院院士，外交官，被譽為現代文體開創者之一。普魯斯特為他於一九二一年發表的第一部小說集《柔情的庫存》（*Tendres Stocks*），撰寫序言。

以幾個較小的字體寫著「十位評審中贏得四票」。他們的牛皮吹得真不小，不是嗎，阿爾賓米歇爾出版社那票人。莫杭讀了幾行《辯論日報》（*Journal des débats*）給他聽：「……這樣的才華死後不渝……刻意幽居，用一次次無眠的夜所寫成的文集……」真是夠了，我會活到替他們每一個送葬！總之他希望如此。

普魯斯特收到了八百六十封恭賀信。在他的要求下，塞萊絲特認真清點過。他給其中大部分都回了信。他是病人，一天中有三次差點沒命，無法書寫，卻唯獨為正在回應的這一封信破例，足見他對這些恭賀信特別看重。通常他不回信給任何人，就算是頭上戴著王冠的也不理。您懂我的意思嗎？他一成不變地在每封信的開頭寫道：他已無法再寫。只對「這一位」，他講出自己孱弱的健康狀態，也只有對這一位，他才努力寫下這封信，因為沒有什麼事比談論他淒慘的健康更令他討厭，而且他不喜歡抱怨也不喜歡被抱怨。對每一位收件者都這麼寫。若身體稍微好些了，他會透露真心話，但若人家為此慶幸歡喜，他會大聲反駁，說別人誤解他了，說他的病根本沒有起色，那是一場誤會，三天之內他差點死了十次，他已食不下嚥，起不了床，手不自主地顫抖，不得不用口述的方式請人聽寫；說他經常暈眩，覺得自己像顆陀螺似的天旋地轉；還說他聽見一些聲音，有個穿著黑衣的胖女人騷擾他；說他的拖鞋不見了，他覺得有場火勢正在蔓延，說他不記得到底把書寄給了誰，還有誰的還沒寄。門房太太的小孫女每天上樓為他送來幾十份晚宴邀請函，塞萊絲特都收齊放在門口的一座矮櫃上，等著他醒來，燻完藥粉，按鈴要咖啡時一併送過去，結果，您猜怎麼著，他根本不回覆。

龔固爾獎公布之後，接下來幾天，他派塞萊絲特和她的姐姐瑪麗·吉內斯特（Marie Gineste）去附近書店查看他們的擺設，先從阿默蘭街那家開始。《在少女倩影下》（《追憶似水年華》第二部）是否確實陳列在老顧客一眼就看得見的位置？某個朋友氣惱地寫信告訴他，他試圖買這本書，但人家回應他已經斷貨。普魯斯特派歐迪隆·阿爾巴瑞[7]（Odilon Albaret）去新法蘭西評論出版社，把他

7 Odilon Albaret（一八八四至一九六〇年），塞萊絲特的丈夫。普魯斯特的包租車司機。

憤怒的訊息傳達給加斯東．伽利瑪、雅克．希維耶爾、居斯塔夫．特隆須，還有安德烈．紀德（André Gide）。運氣還不錯，其中一人最後聽了他的話，按照他的要求去處理。歐迪隆回來後，普魯斯特又派他去庫存書店（librairie Stock）：有人告訴他，在那裡他的書缺貨。這實在令人完全無法忍受。

雅克．波黑爾[8]（Jacques Porel）來看他。他的母親黑珍娜[9]（Réjane）想送普魯斯特一份禮物。普魯斯特要了一張她裝扮成沙崗親王（Prince de Sagan）的照片。她穿著男士服飾，戴著高禮帽、單眼鏡，胸口別著梔子花，您知道的，雅克，就是她在驚奇劇院[10]（théâtre L'Épatant）飾演主角的那齣歌舞劇。要一張簽名照，當然。他另外順便請他去里沃利街（rue Rivoli）的史密斯書店[11]（chez Smith）看看櫥窗，假如，很遺憾地，他那本書沒擺在顯眼的位置，就進到店裡，問書店老板是否能買到戰後首次龔固爾獎得獎作品，作者的名字，他記得，是某個叫作馬塞爾．普魯斯特的人。

四處有傳言說他花了五千法郎的獎金在麗池酒店（Ritz）辦了感恩晚宴。真相是，他偶然發現自己原來擁有十二張荷蘭皇家公司的股票。於是他送給塞萊絲特一頂裝飾了一隻天堂鳥的帽子。她多麼當之無愧。就著一個散落在蓋被上的信封，他用打油詩的風格為她寫了一首可惡的詩：

高大，纖細，美麗又瘦削，
有時倦懶，有時活潑，
欺迷王爵如神偷，
對馬塞爾出言刻薄，

8 Jacques Porel（一八九三至一九八二年），女演員黑珍娜之子，普魯斯特的好友。
9 Réjane（一八五六至一九二〇年），法國著名舞台劇演員，《追憶似水年華》人物拉貝瑪（La Berma）的原型之一。
10 Théâtre L'Épatant，位於巴黎十八區的一座歌舞劇院，現址改為上演諷刺時事脫口秀的雙驢劇場（Le théâtre des 2 Ânes）。
11 Chez Smith，位於巴黎里沃利街，現址為WHSmith bookshop。

本該給蜜卻給醋，

聰慧，靈敏，完好如初……

普魯斯特任由鋼筆掉落地上，閉上雙眼。還有這麼多工作要完成。我有足夠的時間嗎，塞萊絲特？

道上的大公寓裡，這些家具佔滿地方，又沒用，又醜陋，亂堆一氣，七零八落；對這堆雜物，馬塞爾已經派不上用途了，儘管那是他摯愛雙親的遺物，都是歷史悠久的古董。幾個月前，他已經跟霍澤講過同樣的話：賣掉他的家具！地毯的部分請他去跟兩人共同的女性友人潔妮薇耶芙．史陶思夫人[2]（Geneviève Straus）（瓦格蘭姆16-96〔Wagram16-96〕）[3]聯絡，尤其是最大也最美的那張士麥那毯，還有波斯親王在一八六九年給阿德里安．普魯斯特[4]（Adrien Proust）教授的那張。水晶吊燈、銅器和他用不上的銀器給杜魯歐旅店（L'hôtel Drouot）正好。里歐奈爾自己也認識一個拍賣官，萊爾─杜布特伊先生（Lair-Dubreuil）。麻煩替他打個電話給他。至於那些軟木牆板，您那位親愛的朋友，他也會想要嗎？一大筆財富哪！這事簡單，就請普魯斯特把它們拆下來，找個車庫之類的地方存放起來，等待機會變賣給瓶塞小販。對，賣瓶塞的。對，很簡單。但是如果你姓普魯斯特而且母親已不在人世就另當別論。

在那之前，先住進麗池？太吵了。老是聽見講電話的聲音，浴室的水流，這裡有人拉肚子，那裡有人撒泡尿。雅克．波黑爾提議租他一間公寓，位於他母親獨棟宅院的五樓，地址是羅蘭—皮夏街（rue Laurent-Pichat）八號之一，距離佛須大道（avenue Foch）很近，可惜離森林也不遠，附贈風濕痛和乾草熱。戲劇女伶住在三樓，她的寶貝兒子跟年輕妻子帶著四個月大的嬰兒住在四樓，五樓基本上是留給女兒潔曼妮（Germaine）住的，但她人在美國，所以這一層空了出來。雖然擺設俗陋，但至少是目前最好的選擇了。結果這間公寓少不得跟麗池一樣吵，卻沒有麗池舒適，而且一樣貴。這裡的樓板似乎也一樣薄，鄰居每天做愛，激烈得令普魯斯特嫉妒。第一次聽見時，普魯斯特還以為發生凶殺案。不過他不得不

---

2 Geneviève Straus（一八四九至一九二六年），原名Geneviève Halévy，知名沙龍女主人，一八六九年嫁給作曲家喬治．比才（George Bizet），兩人的兒子雅克．比才（Jacque Bizet）是普魯斯特兒時朋友。比才驟逝後，一八八六年再嫁律師艾彌爾．史陶思（Emile Straus）。是《追憶似水年華》中維爾迪蘭夫人角色原型之一。

3 本書中，這些括號中的資訊是當時那些名流的真實電話號碼，以所在區域的主要道路為首編列，撥打時先撥區域字母三碼再撥數字碼。

4 Adrien Proust（一八三四至一九〇三年），馬塞爾和羅貝爾．普魯斯特的父親。知名醫生及教授。

承認現實，總的來說，他倒寧願真的發生了一場命案。被某種幸福排斥在外永遠是件討厭的事。

所以，一九一九年十月一日，決定入住位於奇美美術館（musée Guimet）、戰神廣場（Trocadéro）和塞納河之間的阿默蘭街。八月的時候，雨果廣場的一間房屋仲介所跟他提了這間公寓，房東的名字是布列夫人（Boulet）。塞萊絲特充當偵查哨兵先出發，搭電梯從一二樓間的夾層直上五樓。上面還有六樓嗎？可惜，有的。我們不能把它一起租下來嗎？這樣樓上就沒有住戶，能保持安靜，而且普魯斯特先生也可以拿來儲放多餘的家具。那些東西至今還堆在美國商會的某個地窖裡，塞萊絲特已不清楚為什麼會這樣。至少她是這麼告訴布列夫人的。房東太太沒辦法，但也不太在乎。不，不能租給他，那層樓已經有一名房客，是佩雷太太（Pelé），阿里斯蒂德·白里安[5]（Aristide Briand）的清潔婦。他們會很有禮貌地懇求她避免發出噪音，因為五樓將搬來一位病得很重的患者，極度怕冷，完全癱瘓，經常失眠，離不開熱水袋、耳塞、樂格拉牌（Legras）煙燻粉末，以及麗池酒店的沙龍聚會，當然是指他能外出的話，只是間隔愈來愈久了，去得愈來愈少了。事實上，他們不會去求她，只會去收買她，就這麼辦。

這裡，同一條街上，住著些當地名流，有一位公主，五位侯爵夫人，六位伯爵夫人，一名男爵。那又怎麼樣？人家會這麼說。的確，那又怎麼樣？四十四號一樓，那是一家麵包店，老板維拉先生（Virat），是這棟樓的共同持有人之一。他來自多姆山省（Puy-de-Dôme）的一個小村，蒙塔農（Montagnon），離塞萊絲特的老家洛澤省（la Lozère）不遠。因此，她和他幾乎成了「一國」。關於他這個人，他們知道他在塞納—馬恩省有一座城堡。總之，這個麵包店老板銀兩很多。塞萊絲特需要打電話時都去他家。他的店幾乎整晚開著。塞萊絲特進門，叮鈴噹啷，直接奔進餐廳，彷彿在自己的家裡一樣。早上，她帶兩個熱騰騰的可頌上樓。

5 Aristide Briand（一八六二至一九三二年），法國政治家。曾擔任法國社會黨總書記、眾議員、法國總理、內閣成員。一九二六年諾貝爾和平獎得主。

有可能是普魯斯特先生跟她要的。或許他只要了一個，或許根本不是。普魯斯特先生在想什麼，他人永遠不知道。重要的是，別妄自做些預測彗星的計劃[6]。

這間公寓共有五個廳室、一間廚房和一間浴室。普魯斯特還無法照里歐奈爾・霍澤的明智建議，下決心盡快賣掉大部分家具，於是如今全堆在餐廳兼閨室和客廳裡。這些空間的確沒有任何用處，只能用來當儲藏室。客廳裡，除了放在角落地上的水晶吊燈，還有一些畫，一幅王子的肖像，還有，擺在一座畫架上的阿德里安・普魯斯特醫師的肖像。那是尚・勒貢德・都努伊[7]（Jean Lecomte du Nouÿ）在一八八五年左右的作品，他把他畫成文藝復興時期的人物，一手拿著鵝毛筆，或許用來撰寫公共健康的論文；左手托著一只沙漏，一如同時代的「虛空畫」[8]（vanités），但多半是在強調他神聖的職業正式對抗死亡。還有一幅珍娜・普魯斯特[9]（Jeanne Proust）的畫像，作者不知何許人，臉孔美麗，眼神深邃。然後是普魯斯特本人的肖像，畫中人是個二十五歲的年輕人，一點也不正式的一幅畫，出自雅克─埃米勒・布蘭奇[10]（Jacques-Émile Blanche）之手。這幅畫，普魯斯特很喜歡，覺得十分合適，配得上他，總之就是覺得夠格。但他已很久不再看它了。它所見證的時代已不復在，頂多只存於他的書中。

女主人房中有一座黑色書櫃，擺放了普魯斯特夫人珍愛的塞維涅夫人[11]（Madame

6「對彗星做計劃」（tirer des plans sur la comète）的說法源自一八八二年的大彗星出現時，意指對難以預測的狀況空想不切實際的計劃。普魯斯特在《追憶似水年華》中曾使用這個說法談論一次大戰的法軍總司令霞飛（Joseph Joffre）：「情況恐怕益發嚴重，我們的老霞飛正在對彗星訂計劃。」（Ça doit chauffer, notre vieux Joffre est en train de leur tirer des plans sur la comète.）

7 Jean Lecomte du Nouÿ（一八四二至一九二三年），法國東方派畫家。

8 一種象徵藝術的靜物繪畫。盛行於巴洛克時期，尤其是十六至十七世紀的尼德蘭地區。試圖表達在絕對的死亡面前，一切浮華的人生享樂都是虛無的。也因此，虛空畫在對世界的描繪中透露出一種陰暗的視角。這些作品中的物體往往象徵著生命的脆弱與短暫，以及死亡。

9 Jeanne Weil Proust（一八四九至一九〇五年），馬塞爾和羅貝爾・普魯斯特的母親，出身亞爾薩斯的猶太家庭，從小接受良好的文學及音樂教育，與馬塞爾感情深厚。

10 Jacques-Émile Blanche（一八六一至一九四二年），法國後印象派畫家。

11 Madame de Sévigné（一六二六至一六九六年），法國書信作家。作品生動風趣地反映了路易十四時代法國的社會風貌，被奉為法國文學的瑰寶。

de Sévigné）作品、馬塞爾本人翻譯並作序的約翰・拉斯金[12]（John Ruskin），以及精裝封面上印著MP姓名縮寫的聖西蒙[13]（Saint-Simon）著作。

進入他的房間要通過一道雙扇門；另有一道門，用途較私密，位於他的床鋪附近，通往浴室。房間裡的擺設有：他的床，一直是那張，金色黃銅床架，應該說以前是金色的，如今已被每天煙燻治療噴出的煙霧燻黑；一張大沙發，讓訪客使用，有時也給塞萊絲特坐；三張小竹桌（他稱之為他的「小舟」，想必因為它們有點不穩），上面擺放他的筆記本、煙燻器材、樂格拉牌抗氣喘藥粉、點燃藥粉用的紙盒、一罐依雲牌礦泉水（Evian）、書寫文具、鋼筆、墨水罐、好幾疊手帕，以及零散的小東西，像是藥物、最近收到的或較久以前的信、報紙、專門刊物、好幾副眼鏡、手錶、耳塞。假如他把某樣東西碰落地上，比方說鋼筆架，他就按鈴呼喚塞萊絲特，叫她來撿。在他床頭桌上，有一盞綠罩檯燈，三顆小電鈕，兩顆用來按鈴。床鋪不遠處，一座壁爐，爐台上擺著書和他的手稿筆記，封面用的是鼴鼠皮。最後，窗戶，當然總是緊閉著，配的是藍色綢緞大長簾。凡此種種，讓人第一眼就認出是馬塞爾・普魯斯特的房間。

塞萊絲特和歐迪隆・阿爾巴瑞有他們自己的房間，就在入口右邊，房門打開就是那座矮櫃，上面永遠擺著歐迪隆該盡快送到收件人手中的信件，也就是說，今天就送；還有收到的信件，每天早上由門房太太的孫女送上樓來，先放在那裡，等普魯斯特先生醒來後，塞萊絲特再拿去給他。

走廊上，一盞持續亮著的燭燈，只要裡面一喊，塞萊絲特就帶進房間給普魯斯特先生，方便他做晨間的煙燻治療，說得確切些，是夜間治療。塞萊絲特總是一次採購一箱五公斤裝的大蠟燭。

總之，阿默蘭街上，這棟屋子裡的運作與住在奧斯曼大道時期一模一樣。除

12 John Ruskin（一八一九至一九〇〇年），英國維多利亞時代主要的藝術評論家之一，亦是藝術贊助家、製圖師、水彩畫家傑出的社會思想家及慈善家。寫作題材包羅萬象，涵蓋地質、建築、神話、鳥類學、文學、教育、園藝學、政治經濟學等等，普魯斯特受其影響甚深。

13 Henri de Saint-Simon（一七六〇至一八二五年），法國哲學家，經濟學家，社會主義者，曾聘實證主義創始人孔德（Comte）為秘書。

了，普魯斯特臥床的時間愈來愈長，直至不久後的長臥不起。

是誰說過愛上平民代價昂貴這句話？這陣子，有件事讓普魯斯特很煩心，他與那個年輕人亨利・羅夏（Henri Rochat）的關係超出了合理的發展。這個跑腿侍者當初在麗池酒店搭上他，現在佔據客房，住在公寓另一角，想成為畫家。

普魯斯特不再愛他了，這不是問題，但他沒辦法索性甩掉他。塞萊絲特討厭他，也許純粹出於嫉妒，也許認為普魯斯特先生跟那人交往一點好處都沒有。也許兩者皆是。而且，他在他身上花了大筆錢財，是不爭的事實。這段關係帶來不幸。普魯斯特落入圈套，深受感情之累；那些情事沒有出口，沒有喜悅快樂，令人疲憊，磨人痛苦，費用龐大。兩人在一起的時候，他扮演女人，至於亨利・羅夏，他則玩女人，偶爾還會邀一位年輕女孩到房間過夜，介紹時，說那是他住槐樹街（rue des Acacias）的未婚妻。對於普魯斯特，他的職務則是秘書。順道一提，他的字跡非常漂亮，這是實話，但他常忘記字詞的正確拼法。「他什麼都不懂」，普魯斯特常這麼說，而這件事塞萊絲特早就知道。日復一日，普魯斯特深信這個年輕人煩他的比幫他的多。起初，他確實試過，口述讓他聽寫，但完全白費力氣，要解釋的部分太多，令人煩厭。於是普魯斯特放棄。他很想叫他離開。這隻寄生蟲整天關在房間裡，臭著一張臉，畫畫；就算是吧。他總穿著色彩鮮豔的睡衣，在普魯斯特接待訪客時，毫無預警地冒出來，一身大紫大紅，大放厥辭，怨東怨西，講述某次買衣服花了三千法郎，簡直像他的屁股一樣貴。其實花錢的是普魯斯特。他的債台繼續高築。有一天，普魯斯特甚至為他送行送到了里昂車站，也趁機看看那裡有沒有賣自己的書。可惜，那裡沒賣，而且，禍不單行，羅夏跟著回來了，像個回頭浪子。這個年輕人，必須替他找個工作才行，比方說去銀行謀個職務。他可以當個優秀的寫字員，總比當秘書服務一位已不愛他、跟他在一起也不再開心的大作家好。何況，他自己也從來沒愛過他，跟他在一起也沒開心過。普魯斯特打算請任職巴黎荷蘭銀行（Banque de Paris et des Pays-Bas）的朋友賀拉斯・費納利[14]（Horace Finaly）幫忙。為了他的寵臣，費納利透露在紐約或布宜諾斯艾利斯有個空缺要補。總之很遠，這是最重要的。總算要出發赴任了，槐樹街那位灑下許多眼淚，讓普魯斯特用他的刺繡手帕拭乾。

一如住在奧斯曼大道和羅蘭－皮夏街時一樣，在阿默蘭街，塞萊絲特接到命令，除非鈴響呼喚，否則，午後或近黃昏時，不准進入他的房間。考慮到不期然的鈴響會讓整棟平時寂靜的房子天搖地動，她準備了濃縮咖啡。這是他唯一准許她做的「料理」，甚至非要她做不可。其他食物，他都從麗池叫來。不准有味道，不准烹煮，不准發出噪音。就算他挽留客人共進晚餐，也是派忠厚老實的歐迪隆，在酒店最忙碌的時刻，深入歐利維耶．達貝司卡[15]（Olivier Dabescat）的廚房，帶回一隻烤雞。

普魯斯特分兩次喝他的濃縮咖啡。兩下鈴響代表塞萊絲特必須端上托盤，放上咖啡、牛奶和一個可頌麵包。最重要的是，先生沒開口跟她說話之前，千萬別自以為是地跟他講話。可頌應該放在一個特別的高腳盤裡，與碗配成一套。麵包放在銀盤上，一旁還有同樣銀製的小咖啡壺，上面刻有他的姓名縮寫；一只金邊大碗、糖罐，加上蓋子的牛奶壺。如果有第二次鈴響，就再端上另一個可頌麵包。有一天，他只吃下一個可頌，後來連一個也不吃了。他只吞飲咖啡加奶，還有麗池的冰鎮啤酒。

咖啡絕對只用科爾瑟萊[16]（Corcellet）進口的品牌。塞萊絲特派她的姐姐瑪麗．吉內斯特去列維街（rue de Lévis）上的咖啡烘焙店買的，還有專用的濾壺。托盤、咖啡壺、碗、牛奶壺，都同樣來自這個品牌。所以，下午的時光，在鈴響之前，塞萊絲特便準備咖啡。她把研磨得非常細的咖啡粉倒入濾壺中，然後注水，幾乎

14 Horace Finaly（一八七一至一九四五年），法國銀行家，出身奧匈帝國猶太家庭，一九一九至一九三七年間曾任巴黎荷蘭銀行總裁。普魯斯特的中學同學好友。

15 Olivier Dabescat，一次大戰期間麗池酒店的首席餐廳領班，接待過許多名人，如普魯斯特、香奈兒、海明威等。

16 Corcellet，創建於一七八七年，位於巴黎皇家宮殿廣場的奢華高級食材店。

是一滴一滴地滴入，而且整個過程以隔水加熱保溫，然後在銀製小咖啡壺中，倒入剛好兩杯的分量。一般來說，普魯斯特先生會在前一晚，也就是說凌晨一點或兩點左右，訂好他醒來計劃喝咖啡的時間。塞萊絲特當然得比預定的時間稍微提前準備，才能及時端上。這其實頗需要碰運氣。某些「早晨」，普魯斯特先生延長他進行煙燻治療的時間，假如太早準備好咖啡，就得重新再沖。塞萊絲特，我很抱歉。

牛奶，啊！牛奶，每天早上一家乳製品店鋪會送來新鮮的牛奶，放在門口腳墊上，近中午時，店裡的女店員按照指令來檢查牛奶瓶是否已拿走，否則就要回收，另送一瓶新的過來。替普魯斯特先生辦事就是這樣。

按鈴之前，普魯斯特先進行煙燻治療。他抓一、兩把煤灰色的樂格拉牌藥粉（一條十盒包裝，塞萊絲特都去勒克萊爾藥房〔pharmacie Leclerc〕採購，平時確保家中庫存有好幾條），放入一個茶碟裡。他拿一小張白紙引火（這些紙張來自春天百貨），要不然就用信紙，總之手邊有什麼就用什麼，借燭燈的火點燃這些粉末。蠟燭燃一整夜，也就是說，燃一整日，直到他醒來為止。蠟燭是塞萊絲特在廚房點燃的，因為火柴含硫的緣故，房間裡禁止使用。

煙燻和加奶咖啡結束後，普魯斯特移駕前往浴室，獨自一人。他身上始終穿著庇里牛斯山產的貼身羊毛長內褲，由哈蘇瑞醫師[17]（Rasurel）研發販售。他需要使用二十幾條毛巾，全部擺在地上。一旦有一條濕了，即使只是輕微沾了水，他就不碰。趁著這段時間，塞萊絲特更換床單，每天都換，因為總是可能有濕悶的臭味。

沐浴完畢，他回到床上，倚著靠墊坐起，按鈴叫喚塞萊絲特，要她把他的「球袋」拿來。他這樣稱呼他的兩只熱水袋，一只給雙腳，一只墊在屁股下（為了給他一件新的開襟睡衣、另一條羊毛內褲、一張羊毛編織墊，塞萊絲特會暫時將被單裹住一只溫熱的，或該說滾燙的熱水袋）。安置好之後，普魯斯特便看看收到的信件，讀讀報刊。然後他叫來塞萊絲特或伊凡娜．阿爾巴瑞（Yvonne Albaret），

17 Docteur Rasurel，一八八〇年代與知名內衣品牌Lejaby的創始人Louis Neyron 共同研發出法國第一系列強調保暖且防菌的衛生內衣。

歐迪隆的姪女，舉止得宜的洛澤省女孩。當他累得無法寫字，或手抖得太厲害時，覺得自己的字跡難以辨識，便口述回信讓她們聽寫記下。接著他正式開始工作，拿出長條樣稿，潤飾新法蘭西評論寄來的印刷稿，或者手寫稿，上頭滿布塗改和增添，以及增添上再增添的痕跡。當他真的過度疲累，塞萊絲特也得幫忙這項工作，或者，仍然是和善的速記小姐伊凡娜來做，即使有時她跟聽得萬分辛苦。每次亂了套，她便發出生孩子般的淒厲尖叫，普魯斯特因而叫她「哀嚎小姐」。

塞萊絲特本人直到天快亮了才能上床，在普魯斯特先生沒吃下佛羅拿（véronal）安眠藥之前不能就寢。有時候，有意無意地，他服下超出劑量的藥，一連睡個兩三天，這麼一來，不只普魯斯特，歐迪隆、塞萊絲特，以及不久後的瑪麗．吉內斯特，還有伊凡娜．阿爾巴瑞，全跟著「顛倒」過生活。伊凡娜談論塞萊絲特時，可能把她說得像《追憶似水年華》中的弗朗索瓦絲（Françoise）一樣：「她總是有話說我，說我們沒關好，嫌我這個做不好，那個也做不好。」

他總在接近午夜時分接見一名訪客。希維耶爾、莫杭、莫里亞克[18]（Mauriac）、考克多[19]（Cocteau）（中央08-74〔Central 08-74〕）、紀德；一位像比貝斯科[20]（Bibesco）或悉尼・席夫[21]（Sidney Schiff），一位英國文人兼書迷，或藝術評論家沃多耶[22]（Vaudoyer）。相反的，他極少接見女性。他怕她們柔軟的手曾觸摸過花朵，進來後，嘩啦嘩啦，整個房間都被感染了，對他來說可是非常嚴重的過敏原。因此，逼不得已，他也只能勉為其難地戴上白手套接見。或者根本不接見。即使來

18 François Mauriac（一八八五至一九七〇年），法國小說家，一九五二年諾貝爾文學獎得主。

19 Jean Cocteau（一八八九至一九六三年），法國著名詩人，小說家，劇作家，設計師，編劇，藝術家和導演。在當代藝文界十分活躍，交友廣闊，與普魯斯特之間有著各種愛恨情仇的親密糾葛。

20 Antoine Bibesco（一八七八至一九五一年），羅馬尼亞親王，外交官，從小在巴黎長大，在母親所主持的沙龍裡結識許多當時巴黎文藝圈名人，普魯斯特的密友。有人認為《追憶似水年華》中聖盧（Saint-Loup）的原型部分來自於他。妻子伊莉莎白（Elizabeth Bibesco，本姓阿斯奎斯〔Asquith〕，當時的英國首相之女）是英國女詩人。

21 Sidney Schiff（一八六八至一九四四年），英國小說家史蒂芬・哈德森（Stephen Hudson）的本名。《追憶似水年華》的英文譯者。

22 Jean-Louis Vaudoyer（一八八三至一九六三年），法國作家，藝術史學家，美學家。

者是一位公主，如瑪爾特·比貝斯科[23]（Marthe Bibesco），他兩位好友，艾曼努埃[24]（Emmanuel）和安東尼（Antoine）之姻親堂妹。有天晚上，她與安東尼（戈貝藍 14-77〔Gobelins 14-77〕）的妻子，伊莉莎白·比貝斯科公主，一起看完戲，順道去看他。她們的香水也有同樣的問題。但是眼前該怎麼辦？用夾子把鼻子夾起來？她們要求見普魯斯特。塞萊絲特前去探問。回答是不，女士們，先生不讓見。而且他深感遺憾。花朵？香水？這些理由既詩意又合理，真正的理由比較乏味，僅因他不想臥在床上，以這副淒慘的模樣，接待兩位上流社交圈的女士。

他偶爾邀朋友過來，會特別強調「沒有女士的晚餐」。大家擠著一張小餐桌彷彿玩家家酒。餐點是歐迪隆細心從麗池打點回來的鰲蝦或龍蝦、烤雞、豌豆、巧克力蛋糕。當然，他什麼菜也不碰，跟以前在馬勒塞爾布大道九號（boulevard Malesherbes），他父母家時一樣。那時他常舉辦盛大的晚宴，他會在每位賓客旁邊都坐一會兒，讓他們人人覺得宴會是為自己舉辦的。有時他會留下客人單獨共進晚餐。莫里亞克有點嫌棄這種場面。「那個黑漆漆的人」、「那張如蠟像的面具」、「在那張床上，大衣當成被子蓋」。訪客，愈來愈少，皆為他極度疲態、腫脹、鉛灰的臉震驚，還有始終縈繞在房間裡的煙。有時，他一動也不動，黑眼圈圍住的雙眼緊閉，沉默不語，彷彿沒有呼吸。此時一切黯淡，他頭頂上方那盞微弱且永遠亮著的綠光，更襯托開襟睡衣和床單的慘白，或益發顯得墊在他身下、披在他肩頭的那些厚重羊毛織物有多麼怪誕。還有好幾件始終擱在沙發椅上。有些人覺得他像「希伯來人」，另一些人則注意到他幾乎不成人形了。

23 Marthe Bibesco（一八八六至一九七三年），法語作家，上流社交圈名媛。出身羅馬尼亞及奧圖曼帝國聯姻之貴族家庭，後嫁給航空學家喬治—瓦倫丁・比貝斯科王子（George-Valentin Bibesco）。文學生涯豐富成功，曾出版作品《舞會上的普魯斯特》（Au bal avec Marcel Proust）。

24 Emmanuel Bibesco（一八七四至一九一七年），羅馬尼亞親王，安東尼・比貝斯科的哥哥。

*

疲倦日增。他本人抱怨連連，塞萊絲特也看得出來。一九二〇年二月，他已無法校改《蓋爾芒特那邊上卷》（《追憶似水年華》第三部）樣稿裡的錯字。但我傾向於相信那是因為他對這件事不關心。出版社裡派了專業的人負責這項工作，至於他，他的熱情是增添，僅僅增添而已。所謂的校正，新法蘭西評論專門為他請了一個年輕人，那人信奉的是，怎麼說來著？達達主義，對，就是這樣。某個叫安德烈·布勒東[1]（André Breton）的人，加斯東·伽利瑪給了他最好的安排。但即使布勒東重複檢查過後，普魯斯特還是發現有錯，許多錯，一大堆錯。貝戈特（Bergotte）寫成了柏格森（Bergson）！索多瑪（Sodome）的O上加了揚抑符

（accent circonflexe）！太太太氣人了！換作是福樓拜（Gustave Flaubert）一定也會覺得深受冒犯。福樓拜，馬塞爾最近還常思考他的作品，並說：「是文學史上前所未見的作家。」

真有趣啊，先生，您跟我說的這些。而不過才隔一天，我的姐姐瑪麗，就在我面前說：「蓋爾芒特家那邊」，我不得不糾正她：不，瑪麗，應該說「蓋爾芒特那邊」，而不是「蓋爾芒特家那邊」。然而，她對我說：大家不都說「斯萬家那邊」嗎？

她這句話，我一時不知如何回答。我不敢為了這麼小的事打擾您，但我下了決心，一有機會就向您請教……「您做得對，塞萊絲特。是這樣的，塞萊絲特，這件事的確可以解釋。斯萬和蓋爾芒特，這兩個名字的性質並不一樣。斯萬是某個人的名字，而在這裡，蓋爾芒特是一個地方。在這種情況下，一個指的是姓氏，

1 André Breton（一八九六至一九六六年），法國作家及詩人，超現實主義的創始人。一九二四年發表「超現實主義宣言」。

另一個則是地名。我們去某個人的家，但不去凡爾賽的家。不過我現在倒成了個索邦派[2]的老學究，塞萊絲特，都是被您逼的。」

普魯斯特叫塞萊絲特打電話給伽利瑪先生。他不在。再撥一通。他從來沒在過。新法蘭西評論是一個無法持續供應奶水給旗下每一位作者的母親。所以他可以怪罪她。而且這個母親竟抗議他的愛，他全面完整的愛，幾乎獨一無二的愛。為了始終沒改掉的錯字，他向加斯東．伽利瑪抱怨，向雅克．希維耶爾抱怨，向尚．波朗[3]（Jean Paulhan）抱怨，向安德烈．紀德抱怨。於是每個人都用他最美的文筆替出版社的疏失辯白。這讓普魯斯特回過頭來，輪到他，為自己毫不費力就製造出的千百種問題找藉口，讓他們個個嫌麻煩，但必須意識到，在上流社會裡，他備受矚目，可以在許多競爭同業那兒找到適合的避風港，保證能為他創造可觀的銷售，並且，為那些人自己帶來廣告效益。不過，他收到一封伽利瑪捎來的訊息，宣稱自己是專業的出版人，而且，廣告方面也做很多了，像是《高盧人報》（*Le*

Gaulois）、《費加洛報》（*Le Figaro*）、《時代報》（*Le Temps*）、《辯論報》（Le journal des débats），甚至《新法蘭西評論》裡也刊登。真是見鬼了，為什麼要在《新法蘭西評論》登廣告？普魯斯特的作品不就在那裡出版嗎？這就好像，一個青少年編造出一個假簽名，自己給自己寄了許多情書似的。異議可以接納，加斯東說，前提是，明確地說，普魯斯特不能再抱怨《新法蘭西評論》沒有照顧他！此話可以理解，但是為什麼，據旁人所述，有太多作者得到的報酬比他高？有些甚至是三流作者。比方說，那個皮耶·宏普[4]（Pierre Hamp），在最近一期的新刊上，他被介紹成「宛如一位新左拉[5]（Émile Zola）」。所以？他，普魯斯特，難道也想被當成

---

2 指巴黎索邦大學的師生，比喻愛賣弄學問的人。

3 Jean Paulhan（一八八四至一九六八年），法國作家，法蘭西學院院士，曾任《新法蘭西評論》的顧問及編輯。波琳·雷吉亞（Pauline Réage）《O孃》（*Histoire d'O*）男主角之原型。

4 Pierre Hamp，本名Henri Bourrillon（一八七六至一九六二年），法國作家。自學者，精通三種語言。做過糕點學徒，廚師，鐵路員工，主管，監工，紡織廠長，學習中心主任，記者等等，後來進大學受教。著作豐富，多關注勞工議題，並曾擔任《人性報》專欄主筆。

5 十九世紀法國最重要的作家之一，自然主義文學的代表人物，亦是法國自由主義政治運動的重要角色。

「一位新左拉」來介紹？當然不想，但若說成是一位新聖西蒙或一位新夏朵布里昂[6]（Chateaubriand），有何不可，又有何妨？

加斯東．伽利瑪提議到阿默蘭街的住所來看他，以便釐清這一切，將這一切不滿都攤開來說。他將發現，出版社已給予他所有該有的尊重。不，想都別想，他太難受了，不接見任何人，就連加斯東．伽利瑪本人也不見。

就在當月，他卻邀了法蘭斯瓦．莫里亞克共進晚餐，還有亨利．羅夏作陪，後者果然又拖延許久才回到崗位。晚上十點，三人在他床頭晚餐，或者該說是共進宵夜。莫里亞克這位虔誠的天主教作家隔天寄來一封親切的感謝信，但在他自己的《日記》中，卻把細節寫得不堪入目：「叫人不放心的床單，布置了家具的房間散發的氣味，猶太人的面孔，加上那叢十天沒修剪的鬍子，歸根究柢從祖先流傳下來的髒。」普魯斯特若知道了，說不定會對這份細緻的心思欣喜不已。最古早的阿基坦人（Aquitain）祖先，他呢，生來就是乾淨的，不用說，大家都知道[7]。

五月四日，普魯斯特去歌劇院看了幾個俄羅斯芭蕾舞團的聯合演出。他觀察周圍的包廂。嘿，真的是他，歐德南・德・歐松維爾伯爵[8]（Le comte Othenin d'Haussonville），他現今是個有趣的老人。像《追憶似水年華》裡的蓋爾芒特公爵，悲劇人物，籠罩著近在眉睫的死亡陰影。自上一次見面以來，他老了許多，叫人幾乎認不出來，宛如一尊岩石，在暴風雨中，受洶湧的死亡／海水威脅侵襲。

一天晚上，他繫著白色領帶，去羅蘭─皮夏街拜訪雅克・波黑爾；這位好友邀請了李嘉圖・維涅斯[9]（Ricardo Viñes）來演奏德布西。當晚，坐在他旁邊的，雷昂─保羅・法格[10]（Léon-Paul Fargue）可真喜愛德布西，以至於一直在打瞌睡，

---

6 法國十八至十九世紀作家、政治家、外交家、法蘭西學院院士。

7 這句話在諷刺莫里亞克，他出生於阿基坦地區的波爾多。

8 Le comte Othenin d'Haussonville（一八四三至一九二四年），法國文學史學家，散文家，律師，法蘭西學院院士。

9 Ricardo Viñes（一八七五至一九四三年），西班牙鋼琴家，與拉威爾、德布西等音樂家交好，法雅（Manuel Falla）將作品《西班牙花園之夜》獻給他。他是普朗克（Francis Poulenc）的鋼琴老師。

10 Léon-Paul Fargue（一八七六年至一九四七年），法國詩人，作家，拉威爾曾將他的詩作《夢》（*Rêves*）譜寫成曲。

頭都歪靠在普魯斯特肩膀上了，害他動也不敢動。真是個迷人的夜晚。六月十四日，得知黑珍娜的死訊，他又一次回到那兒。

他對奧斯曼大道宅子裡的軟木牆懷有鄉愁。或者該說非常思念。由於那些牆面是安娜·德·諾阿依[11]（Anna de Noailles）建議設計的，他再度聯繫她。這次她推薦了象牙小球。至於吉什公爵夫人[12]（Duchesse de Guiche），對同樣的問題，則有另一種建議：用浸泡過凡士林的棉花。但他放棄這些權宜之計，採用了剛問世不久的耳塞。

九月三十日，人們見到他出現在布魯門塔爾獎[13]（Blumenthal）的評審團會議中。他大概因為使用耳塞以至於得了耳炎，為此還請來耳鼻喉科的維卡爾醫師（Wicart），號稱能治癒他氣喘的那位。那位醫生已經沒戲唱，比起來，好心的比茲醫師（Bize）（薩克斯 42—14〔Saxe 42-14〕）遠遠更合他的意，至少不會逞強宣稱自己無所不能，醫師就應該像這樣，他喜歡。那為什麼還要請醫生？人們會這麼說。他也不是很清楚，一種反射動作吧。或者為了服從他弟弟的命令。又或者，這一點他確定得多：為了讓塞萊絲特高興。或者，為了讓他們親眼看見他們的白費心機，他們的無知深不見底。

但他好歹也移駕出席了布魯門塔爾獎的評審會議，以支持雅克．希維耶爾。那位年輕作家值得稱許，可惜資源不足，擔任《新法蘭西評論》刊物的總編輯，強烈欣賞普魯斯特。他遲到了半個小時，一臉病容受人矚目。這次輪到他被人繪聲繪影地描述，但幸好他什麼都不知道，否則這段人物描寫恐怕會令他立刻想以決鬥洗刷名聲。其中一位評審委員，小說家荷內．布瓦萊夫[14]（René Boylesve）看見他由一名穿著制服的僕人引領，走在走廊上，「整個人龜縮在長大衣裡」，「一張

11 La comtesse Anna-Élisabeth de Noailles（一八七六至一九三三年），法國女詩人，作家，出身羅馬尼亞比貝斯科家族，是親王艾曼努埃及安東尼的堂妹，普魯斯特的密友。活躍於十九世紀的巴黎藝術圈。

12 Hélène Josèph Marie Charlotte Greffulhe，亦即Élaine Greffulhe（一八八二至一九五八年），吉什公爵的妻子，葛瑞夫勒伯爵夫人之女。

13 Le prix Blumenthal，由慈善機構佛羅倫斯—布魯門塔基金會（Fondation Florence Blumenthal）設立，頒給藝術家、作家及音樂家的獎項。

14 René Boylesve（一八六七至一九二六年），法國小說家，評論家，法蘭西學院院士。

臉活像已經開始腐爛的野味，半生不熟」，「外表像個手相占卜師」，「他襯衫上的活動衣領，撐得過大，磨損破洞，而且，不誇張，已經一個禮拜沒換過了。窮人家的裝扮……」，「一條皺巴巴的領帶，一條十年前的寬長褲」，「看上去像一個六十歲的猶太女士，想當初可能是個美人」，「白手套，髒得令人側目」，「身形彷彿曾經塌垮，後來重新灌飽，但重建不完全」，「年輕的小老頭，病人加女人——奇怪的一個人」。而他自己很高興見到哲學家亨利．柏格森[15]（Henri Bergson），也是他的遠房表親。他們針對失眠與催眠藥癮展開一場對話。兩位都是箇中行家。

要不然他是根本足不出戶。他已經放棄了三乙風眠（trional）苦藥粉，一種安眠藥，繼續服用佛羅拿，另一種安眠藥。但他擔心服藥會影響他的記憶。有一天，他混合過多佛羅拿與鴉片，導致中毒，因而有時出現語言障礙。有好幾天的時間，他只能跟塞萊絲特交談。他給她寫幾句話，一點也不溫柔的話。他找來著名的神經學者喬瑟夫．巴賓斯基[16]（Joseph Babinski）看診。醫師要他清楚講出幾個發音困難的字詞：「君士坦丁堡人」（constantinopolitain）、「炮兵部隊裡的炮兵」（artilleur de l'artillerie）、「杜鵑花誇口說大話」（les rodomontades des rhododendrons），還有「我媽媽一八七一年在奧特爾把我降生在這個世界上」（ma maman m'a mis au monde à Auteuil en 1871）。他的氣喘病愈來愈頻繁發作。比茲醫師常給他注射嗎啡，這使得他神智不清。

好友呂西安·都德[17]（Lucien Daudet）（薩克斯52—4〔Saxe 52-4〕）責怪他不肯再見面，怪他成了一個「職業文學家」。或許，也因為他蒸蒸日上的成功，兩人之間有了距離。雷納多[18]（Reynaldo）似乎十分嫉妒吃醋。他啊，總之，他沒

15 Henri Bergson（一八五九至一九四一年），法國哲學家，一九二七年諾貝爾文學獎得主，以優美的文筆和具豐富吸引力的思想著稱。普魯斯特的寫作深受柏格森的直覺主義和潛意識理論影響。

16 Joseph Babinski（一八五七至一九三二年），法籍波蘭裔神經科醫師。發現刺激足底時出現的神經反射，此反應被稱為「巴賓斯基反射」，常用來觀察新生兒的神經系統發育。

17 Lucien Daudet（一八七八至一九四六年），法國作家，亦是小說家阿爾馮斯·都德（Alphonse Daudet）的次子。與普魯斯特曾有一段情。

18 Reynaldo Hahn（一八七四至一九四七年），委內瑞拉裔法國作曲家。曾在坎城和巴黎的歌劇院擔任指揮，並撰寫音樂評論。漢恩的作品種類豐富，藝術歌曲旋律優美動人，特別受到喜愛。普魯斯特的同性戀人之一。

有時間，必須賺錢養活自己！呂西安和雷納多兩人彷彿講好了似的，都說成名以前的馬塞爾比名氣顯赫的馬塞爾有魅力得多。里歐奈爾・霍澤（弗樂呂斯08—43〔Fleurus 08-43〕）也有同樣的責怪，他受夠了他以朋友的身分，不遺餘力地給馬塞爾那麼多建議，作家卻從來不當一回事，反而回過頭來怪罪他，更糟的是，還拿他的建議一股腦向十個人詢問意見，而那些人的本領完全不如他。說到底，這很令人氣憤，也非常愚蠢。況且，他那些沒完沒了的抱怨，一如他的成功，或說他的榮耀，似乎過於喧囂，讓人相信他的不幸全是想像出來的。很顯然地，他親愛的小馬塞爾是個被寵壞的孩子，「隨時與不容他任性的人賭氣」。一般來說，朋友們都責怪他自築高牆，從來不肯放下城橋，讓人進入他的堡壘。

普魯斯特躺在床上，閉著雙眼，琢磨法蘭西學院院士的計劃。他問朋友們怎麼想，亨利・德・黑尼耶[19]（Henri de Régnier）、保羅・莫杭，雅克・希維耶爾，最後這位的態度不僅只是遲疑而已，他說那玩意兒，不適合普魯斯特，他們不懂您，他們昏睡得太沉太深了。而巴萊斯[20]（Barrès），算是一位有影響力的大師了，普魯斯特透過歐迪隆向他捎了個信，請他來探望自己，歐迪隆會開車，可以載巴萊斯到阿默蘭街，再送他回諾伊市（Neuilly）的家。答覆是，不。

已經午夜了。普魯斯特按鈴召喚塞萊絲特。他的毛皮大衣、手套、手杖、高帽，所有出門的行頭。他上車前往諾伊市，叫醒巴萊斯。我還以為您就快死了呢，親愛的朋友！普魯斯特把角逐法蘭西院士的計劃一五一十地對他說明。說他已經得到阿爾蒙，也就是吉什公爵[21]（Armand, duc de Guiche）的支持。哦？吉什站在您這邊？正如我所言，在這個情勢下，即使我十分懷疑成功的可能性，我還是會

19 Henri de Régnier（一八六四至一九三六年），法國作家，詩人，文學評論家，一九一一年當選法蘭西院士。

20 Maurice Barrès（一八六二至一九二三年），法國作家，政治家，法蘭西民族的代表性人物。作品以「自我崇拜」（culte du Moi）為主題。

21 Armand de Gramont（一八七九至一九六二年），吉什公爵及葛拉蒙公爵（Duc de Gramont），法國貴族紳士，工業家及科學家。普魯斯特密友。二〇一七年二月，法國新聞週刊《Le Point》發布一段他的婚禮影片（一九〇四年），其中出現普魯斯特的身影。其妻艾蓮娜（Élaine）為《追憶似水年華》中蓋爾芒特夫人的原型之一，葛瑞夫勒伯爵夫人（Comtesse Greffulhe, Elisabeth）之女。

投您一票。

巴萊斯持懷疑的態度是對的，計劃失敗了。於是普魯斯特轉而爭取榮譽軍團勳章（Légion d'honneur）。這個項目的機會比較大。九月二十三日，他獲得提名。針對《費加洛報》上的公告，他請羅貝爾．德．富萊爾[22]（Robert de Flers）別把他隨便跟什麼人擺在一起，應稍微有所區隔，他要跟例如他親愛的諾阿依夫人或科蕾特[23]（Colette）之類的作家並列。加斯東．伽利瑪又重提那個舉辦慶功宴的異想天開，他再次拒絕。理由不變──太荒謬了。

羅貝爾．普魯斯特[24]（Robert Proust）（帕西33─71〔Passy 33-71〕）為他戴上勳章，並未舉辦任何儀式，因為馬塞爾病得太重。為此，教授有天晚上來到哥哥床前用餐。

尚．貝侯[25]（Jean Béraud），美好時代的街頭景物畫家，也是普魯斯特在學時，駐守在孔多瑟中學[26]（Lycée Condorcet）門口的那位，要把卡地亞珠寶（Cartier）的勳章送給馬塞爾。塞萊絲特請姐姐瑪麗過去取回。一個帶有鑽石光芒的小十字。

一直都是這種造型。

當他的健康狀況有點起色，他便致力修改《女囚》。他希望以凡特伊（Vinteuil）在維爾迪蘭家（Verdurin）演出四重奏讓稿子臻於完美。他寫信給普雷弦樂四重奏（quatuor Poulet）的中提琴手阿瑪布勒．馬西[27]（Amable Massis）。一天晚上，

---

22 Robert de Flers, marquis de La Motte-Ango, comte de Flers（一八七二至一九二七年），法國劇作家，法蘭西學院院士，一九二一年接掌《費加洛報》。普魯斯特中學同學，兩人關係密切。

23 Colette，全名Sidonie-Gabrielle Colette（一八七三至一九五四年），法國女作家，以《金粉世家》（*Gigi*）享有盛名。

24 Robert Proust（一八七三至一九三五年），法國知名外科醫師，普魯斯特的胞弟。在馬塞爾去世後，負責校稿接洽，出版當時尚未問世的《女囚》、《阿爾貝蒂娜不知去向》及《重現的時光》。

25 Jean Béraud（一八四八至一九三五年），法國風俗及肖像畫家，畫出美好年代的巴黎街景。普魯斯特與作家尚．羅杭（Jean Lorrain）的決鬥見證人。

26 Lycée Condorcet，巴黎最古老的中學之一，創建於一八〇三年，是十九世紀貴族及布爾喬亞子弟之首選。畢業生及教授中有許多名人。

27 Amable Massis（一八九三至一九八〇年），法國作曲家。普雷四重奏的成員之一，擔任中提琴手。

歐迪隆開車載普魯斯特前往第一小提琴手卡斯頓．普雷[28]（Gaston Poulet）家。當時普雷已經就寢，穿著睡衣替他開門。兩個男人互相致歉。一個不好意思這麼晚來打擾，另一個抱歉以這身衣裝接見客人。普雷帶著高雅的微笑說，他和母雞一樣早睡——這其實不是真的——午夜一過，聽到公雞啼聲就起床[29]。他們達成協議，訂某個晚上，讓四重奏全員到阿默蘭街，為普魯斯特獨自一人演奏塞薩．法朗克[30]（César Franck）的《D大調弦樂四重奏》。

演奏會在客廳舉行。塞萊絲特接獲指令，要為這個場合做好萬全準備。除了每個人的座位，塞萊絲特還特別從原來的女主人房裡搬出棕栗色天鵝絨長沙發，好讓普魯斯特先生能舒服地躺著。另外，根據卡斯頓．普雷的臨時建議，壁爐的煙囪得確實堵住，以求更好的音效。顯然，這會花上一大筆開銷。但是，這是必需的，塞萊絲特，您很清楚，為了我的書，必須這麼做。

到了那一天，或者該說那一晚，甚或應該是那一夜，歐迪隆開車去接馬西、普雷、鍾提[31]（Gentil）和大提琴家胡伊森[32]（Ruyssen）。他們在凌晨一點左右抵達。塞萊絲特已經把客廳裡的一切都布置妥當。她拉上窗簾，好了。她關上門出去，在門口留守，以防普魯斯特先生召喚。普魯斯特入座，躺在棕栗色長沙發上，閉上雙眼。音樂家們奏出和音。曲終，普魯斯特問他們是否願意重新演奏一個特別的段落。結束之後，他付了一筆合理的報酬給卡斯頓・普雷，甚至高出應有的價碼，然後坐進歐迪隆的包租車，陪他們回府。事實上，他先載他們到利普酒館（Lipp）用宵夜，然後才送他們各自回家。回到自己的房間後，他添補完泛著玫瑰紅光的凡特伊四重奏那幾頁，其中包括斯萬所珍愛的白色奏鳴曲之小樂句，這讓斯萬在

28 Gaston Poulet（一八九二至一九七四年），法國著名小提琴家及指揮家。二十世紀上半葉音樂發展的重要推手。曾與德布西（Claude Debussy）合奏首演德布西最後的重要作品《G大調小提琴奏鳴曲》。

29 普雷這個姓氏的法文「Poulet」原意是「雞」。

30 César Franck（一八二二至一八九〇年），比利時裔法國作曲家、管風琴演奏家和音樂教育家。《追憶似水年華》中的音樂家凡特伊原型之一。

31 Victor Gentil（一八九二至一九七三年），普雷四重奏中的第二小提琴。

32 Louis Ruyssen（一八八八至一九？年），普雷四重奏中的大提琴手。

愛戀奧黛特（Odette）的荏苒時光中痛苦不已；但以另一種形式，各種變奏，在一部更遼闊的作品中，連結敘事者對阿爾貝蒂娜（Albertine）之愛，以及對她與凡特伊之女那份關係的猜疑。剛好就是凡特伊，他今日正在聽的凡特伊，藉由普雷四重奏在這裡，他的客廳中，阿默蘭街的住所裡，凌晨兩點，所演奏的最新作品，卓越地見證了某種像是藝術的存在，而且值得人們窮盡一生去追尋。這件事他做了，他，普魯斯特，還有凡特伊、貝戈特、埃爾斯蒂爾（Elstir）都做了，而也正是斯萬所沒做的。

一個陌生女人選上我的大腦作為定居之所，塞萊絲特。一九二〇年秋天，普魯斯特相信自己看見死神以一個女人的形態出現。與他所想像的相反，她並不漂亮。他夢見了她。他在一條大道上散步，路上荒無人煙，前方一片漆黑。一個女人駕著馬車，他聽見她說話的聲音。那聲音令人推測一張完美的面容和軀體。於是，在黑暗中，他朝她走去。突然，路燈大亮。那女人很老，既高大又強壯，滿頭白髮，臉上長著紅斑……怎麼，先生，難道，您把死神想得很美？

—真是這樣，塞萊絲特，我也不知道為什麼。不過，現在，請您記錄下來：「貝戈特從此足不出戶，當他凌晨一點鐘在房裡起身，全身緊裹著披肩、毛毯，當人體暴露於酷寒之下，或搭乘鐵路火車之時，用來覆蓋取暖的一切……」

—「等一下，先生……」

—「……他就這樣前行，身體逐漸冰冷；宛如一顆小行星預先展現出大行星的形象，當熱度，然後生命，一點一滴地從地球流失消逝。」為什麼要寫，為什麼還要寫呢？塞萊絲特？為什麼要寫出一部作品？為了讓書店櫥窗中陳列著您的書？但地球，正如今天的我，裹著羊毛毯和毛皮大衣，正如貝戈特；而寒冷的感受，正如死亡依然干涉作亂，地球豈非註定要冰冷，然後全面熄滅？是的，書寫是為了對抗死亡，就像人家說的為了對抗時間而賽跑，這是同樣的道理，塞萊絲特。一場不對抗時間的賽跑恐怕毫無意義；跑者大約是一時興起的業餘愛好者，一如斯萬，他不為對抗任何事物而跑，其實他根本不跑，悠然坐擁他所有的時間；

對他來說，時間不算什麼。作家想必需要死亡，拿來當成敵手，與之抗衡。這就是為什麼他盛讚死亡之偉大。這就是為什麼，他愈來愈堅持，日復一日，瀕臨死亡。這是現實也是想像，兩者皆是。人們不相信他，當然，他太常談死。不是嗎？塞萊絲特，人們根本不相信我，認為我太常探討死亡？只有我自己知道這是嚴肅正經的話，我一點也沒有憑空捏造。

—真的是這樣，先生，不過為了對抗死亡，就必須活著。您必須照料自己，先生，聽醫生們的話，他們很清楚……

—或許，塞萊絲特，作家應該要活著，的確沒錯，但同時他也應該要時時即將死去。

一天早上，普魯斯特弄錯了佛羅拿的劑量。原本應該服用一點五公克才對。他有四十八個小時都沒按鈴召喚塞萊絲特，工作卻神速進展。《蓋爾芒特那邊上卷》問世。一個評論家批評此書「女性化」。普魯斯特以決鬥要脅，讓您見識我燒的是什麼柴，請您看清楚這書是否真的女性化。他投入編修《蓋爾芒特那邊下卷》的工作。也就是說，他只增不減。一場新的賭局、考驗降臨。伽利瑪迫不及待。普魯斯特也是。時間逼人。

他寄了一冊《蓋爾芒特那邊上卷》給雪薇妮夫人[33]（Mme de Chevigné）（古騰堡 49—33〔Gutenberg 49-33〕），她不太知道該怎麼處理這項物品——一本似乎在寫她的書。不過是這樣的，這本書顯然頁數太多，她讀不來。於是她拿去激勵她住在安茹街（rue d'Anjou）的鄰居兼友人，尚．考克多，請他為她「標出所有提到我的地方」。普魯斯特本人也對考克多表達抱怨，說雪薇妮夫人沒有好好讀懂他的作品，甚至根本沒讀。這位關係人如此回答：「法布爾[34]（Fabre）寫了一本關於昆蟲的書，但他可沒要求昆蟲們讀它！」普魯斯特年輕時，曾經那麼地愛慕她，在

33 Madame de Chevigné（一八五九至一九三六年），薩德侯爵的曾孫女，法國上流社交圈名人。不諒解普魯斯特拿她當蓋爾芒特公爵夫人的原型。

34 Jean-Henri Casimir Fabre（一八二三至一九一五年），法國博物學家、昆蟲學家、科普作家，以《昆蟲學回憶錄》（*Souvenirs entomologiques*，或譯《昆蟲記》）聞名於世。

加布里埃大道（avenue Gabriel）上想接近她卻又不敢，將她視為一隻天堂鳥。她對他則幾乎不屑一顧，一秒也不想為他耽擱，「菲茲—詹姆士（Fitz-James）在等我，」她說。今天，她放棄當那隻天堂鳥，淪為一隻老長舌鵲鳥，只是，依舊那樣高高在上，暴躁孤僻。

*

一九二一年春天，氣喘再次發作。普魯斯特自行加重藥量，吸入過多腎上腺素。他服用嗎啡、阿司匹靈、腎上腺素、抗精神病藥物、金雀花鹼（spartéine）、雙烯丙巴比妥類催眠藥（dial）、鴉片，我不知道還有什麼。他什麼也不吃，只吃冰淇淋（草莓和／或覆盆子口味），費用貴得嚇人；有一次則吃了點蘆筍尖。這樣下去，你得付出糖果的代價，先生。

—糖果，塞萊絲特？

—是的，先生，在阿維隆省（Averyon），我祖父那個時代的人都這麼說。很奇怪，在阿維隆省，而不是在洛澤省。

—對，這還真奇怪，塞萊絲特。不過您說的這番話倒是真的。好比腦袋上的眼睛，在蒙梭公園那邊的電梯裡，人們都這麼說。

—噢！先生在嘲笑我，我看得很清楚，每當您毀謗別人時，就會流露出這樣的表情。

—我常問自己，塞萊絲特，我們兩個人到底誰比較愛嘲笑誰。

紀德於五月十三日來訪，普魯斯特派歐迪隆開車去接他。他覺得普魯斯特看起來很辛苦，病得很重，變得有點肥胖，在暖氣過強的臥房裡還冷得發抖；雖然他也屬於懷疑普魯斯特病徵真假的那一派。普魯斯特謊稱得病以護衛自己的作品，在他看來，這種說法似乎再合理不過了。但是此刻，紀德必須面對明顯的事實。眼前躺在床上接待他的是一個非常虛弱的男人；還有，他那時不時用手掌側面飛快摀住鼻翼的奇怪舉動也令人震驚，「像有強迫症且笨拙的動作，像動物或瘋子的動作」。至於他們的談話，主題是同性戀，兩人之間沒有任何共識，像是兩個聾人的對話。普魯斯特堅稱波特萊爾（Baudelaire）是同性戀者，證據是他對女同性戀者深深著迷！普魯斯特想嚇唬對方。紀德不相信他說的是真心話。他帶了一本《田園牧人》[1]（*Corydon*）給普魯斯特。拿著，讀讀這個，您就會懂。

——但什麼都不懂的人是您啊，我親愛的朋友。

這些日子，普魯斯特在《輿論報》（*L'Opinion*）裡讀到尚—路易．沃多瓦耶的三篇文章，總標題是〈神秘的維梅爾〉（Le mystérieux Vermeer）。這個系列是為了在巴黎網球場現代美術館（Jeu de paume）的荷蘭繪畫展而寫的，這次的展覽中包含三幅台夫特的維梅爾[2]（Vermeer）畫作。評論內容深深吸引普魯斯特。在他眼中，維梅爾之所以偉大就在於降低敘述故事的部分，以便凸顯「分布、處理及鑽研顏料的方式」。總而言之，普魯斯特從前在荷蘭就對維梅爾讚賞不已，說

1《Corydon》，紀德作品，同性戀小說。

2 Johannes Vermeer、Jan Vermeer（一六三二至一六七五年），十七世紀荷蘭黃金時代畫家，畢生工作生活於荷蘭的台夫特（Delft），與林布蘭齊名，知名畫作：《戴珍珠耳環的少女》、《倒牛奶的女僕》等，而《台夫特風景》是《追憶似水年華》中作家貝戈特追尋的重要藝術品。

他是一位「純粹的畫家，擺脫文學上的軼事性質」。總而言之，就是一個跟自己一樣，主張處理風格凌駕瑣碎內容的人。這正是他，普魯斯特，致力想讓人們聽進耳朵、了解於心的事。那些人看不出他的書是經過嚴謹的編排，不知道只有到了結尾才能看懂整個格局，要等到最後一部《重現的時光》出版才行。而這一部，當然已經寫了。他不是那種上流社會高傲的虛榮作家，不是某些人所描述且不斷渲染的那樣。他念茲在茲的是風格，以及創造一種新的書寫語言。在這方面，他比他的書中人物貝戈特有自信得多。他們這兩人，在生命末期，都去看了，或再重看了台夫特畫家「帶著屋簷的那一小塊黃色牆面」。當然，他們分別各自前往，儘管其中一人只是另一人所發想的虛構人物，是其自身投影。他，普魯斯特，是在一九二一年五月前去的，當時他只剩不到兩年的時間可活。就在同樣這個地點，杜樂麗花園（jardin des Tuileries）裡的巴黎網球場現代美術館舉辦同樣的展覽，那時的貝戈特自問是否確實根據自己的原則好好書寫，還是僅滿足於停留在他所處時代之腔調，寧可追求短暫的成功，贏得最大多數人的認同，而不願冒險，忍受一時或更長期的不被理解、被嘲笑、被否定。普魯斯特，他本人並沒有這些疑慮。在這一刻，他已不再懷疑。他早在很久以前就戰勝了這些，而他的整部作品都呈現出這場掙扎的痕跡。啊！令人無語的諾布瓦男爵[3]（M. de Norpois）以及他那些關於文學的言論！特別是關於當天在荷蘭大師的畫作前，在最完美崇高的藝術傑作前死去的貝戈特。普魯斯特按鈴召喚塞萊絲特。請她拿一本《在少女倩影下》進來給他。豪華精裝版嗎？如果可以的話，塞萊絲特。普魯斯特立刻翻到他想要的那一頁。

貝戈特是一名我所謂的吹笛人；必須承認他的演奏風格十分矯揉造作。但說穿了也只有這一點，而且這也不是什麼大事。在他那些沒有肌理的作品中，永遠找不到可稱為骨幹的部分。沒有動作——或者少之又少——更特別的是沒有意涵。他的書皆建立在一些錯誤虛假的基準上，或者該說根本毫無基準可言……我知道

3 M. de Norpois，《追憶似水年華》中的人物，手腕圓滑的外交官。

這是在褻瀆那些先生所謂為了藝術而藝術的神聖學派，但在我們的時代，比起以和諧的方式咬文嚼字，還有更緊急的任務……

普魯斯特微笑起來。啊！塞萊絲特，您看，我感到很喜悅，我在這裡寫下的這段……呆子……

—您在跟我說話嗎，先生？

—不，塞萊絲特，我在自言自語。請把那份《輿論報》再拿來給我。

普魯斯特重讀沃多耶的文章：「維梅爾讓我們聯想到血……但在此，血之意象並非透過曖昧不明的暗示顯現，而是透過實質……」

請記下這個句子，塞萊絲特，開啟上引號：「我本該用這樣的態度書寫才對。」他說。「我最後的幾本書太枯燥，應該多鋪上幾層色彩，讓我的句子本身即具珍貴的價值，就像那一小面黃色的牆。」標上下引號，引文結束。請將這張紙貼在我之後會告訴您的地方，塞萊絲特，您要提醒我告訴您。把鋼筆給我。「親愛的朋友，我尚未就寢，準備今早去看維梅爾。您是否願意帶我這個死人一起去，並讓我倚在您的臂膀上？只有我獨自一人……」塞萊絲特，請吩咐歐迪隆，立刻送達這份訊息。

九點十五分，歐迪隆被派去接沃多耶先生，然後回到阿默蘭街載普魯斯特。包租車將兩位男士送到杜樂麗花園。

貝戈特吞了幾塊馬鈴薯後啟程。他爬了幾階樓梯，感到一陣胸悶。他凝神觀望，努力不將目光移開有陽光灑落的那一小塊帶著屋簷的黃色牆面。那時他想到了自己即將死去，想到了自己的一生，把這兩個秤盤放在天平上衡量。不，他測量的不是生死，而是書寫和人生。他的作品與他的一生。當初他的選擇對嗎？自己是否像巴斯卡（Pascal）筆下那名無神論者一樣，選對了邊，也就是可能讓他挽回賭注的那一邊[4]？但他卻跌坐在附近一張長沙發上，然後滾落在地。就此死去。

4 在法國十七世紀哲理神學家巴斯卡的著作《沉思錄》中，有一項對懷疑論者及無神論者提出一個「上帝是否存在」的有名賭注，以邏輯證明，無論如何，相信上帝的存在所得到好處最多，損失最少。

然而普魯斯特，他並沒有。他，跟貝戈特一樣，感到暈眩，腳步踉蹌，但沃多耶，還有一位來自荷蘭國家博物館的專員貝諾瓦・魯埃爾（Benoît Roëll），及時扶住了他。

從展廳出來後，在網球場現代美術館的露台上，普魯斯特倚著尚－路易・沃多耶的臂膀，被正午的陽光照得睜不開眼。沃多耶身上帶著照相機，問他是否可以為他拍幾張照片。普魯斯特面對太陽擺姿勢，鼓起胸膛，直挺挺的，半瞇著眼，沉默，孤僻，難以捉摸，彷彿整個胸中溢滿他剛存入的那些珍貴的、無價的、永恆的；對，就用這個字眼吧：永恆的收藏。他在心中誦讀了起來，那是為他的書中人物在《台夫特風景》（*La Vue de Delft*）這幅畫前死去而撰寫的句子。待會兒，一回到家，他就要立刻記錄下來。

幾天後，多虧了賀拉斯・費納利的斡旋，亨利・羅夏找到工作，被派遣到布宜諾斯艾利斯的一家銀行。普魯斯特把他推薦給好友，半開玩笑半認真地，指出這傢伙十分懶惰，而且對數字沒好感。一句話說穿了，完全是個好吃享樂之徒。但費納利寬大為懷地接受了。現在，羅夏已遠離，一切順利。呼！塞萊絲特，您跟我，我們兩個總算清靜了。我死之前算是做了件好事。

——噢！先生，別說這種話。仁慈的上帝……

——讓仁慈的上帝待在那裡，別打擾祂，塞萊絲特。

他收到了新法蘭西評論出版社的型錄。接替他得到龔固爾獎的恩內斯特·佩羅雄[5]（Ernest Pérochon）的小說《奈納》（Nêne）已賣出七萬五千本。這杯咖啡可真是太苦了，無論是不是科爾瑟萊店裡出品的。佩羅雄！《奈納》！您說得真好聽！一個絕對會永世流傳的名字。「一部來自我們家的傑出小說，」簡介寫道。「我們家」，指的是哪裡？加斯東新創的這一招，又是在玩哪一招？而在這段期間，塞萊

5 Ernest Pérochon（一八八五至一九四二年），新教徒。作品《奈納》（*Nêne*）獲得一九二〇年龔古爾文學獎。作品多屬詩歌、小說以及兒童文學。

絲特，誰來照顧我的書？在那裡，博納街[6]（rue de Beaune）上，那些隔間辦公室裡，新法蘭西評論出版社，我或許犯下無可挽回的大錯，把自己可憐的書託付給他們，而所有新法蘭西評論的好仙女卻都垂顧這位我們家的佩羅雄，不惜醜化自己，作踐自己，出賣自己！啊！言語的力量永遠不夠強大，塞萊絲特，言語無法盡訴我的憤怒。

普魯斯特令歐迪隆送去一封嚴厲刻薄的信給加斯東．伽利瑪。後者試圖消解他過分尖酸的怒氣，回信告訴他別相信編輯們所說的書籍銷售數字，倘若普魯斯特渴望如此，他，加斯東．伽利瑪，大可在下一期的新法蘭西評論型錄裡宣稱《在少女倩影下》的銷售量已達八萬本，甚至，乾脆點，十萬本，只要能讓他高興的話。普魯斯特同意了。一小面黃色的牆，當然。但數字就是數字，而且數字令人過目難忘，因為那正是目標，即使沒有意義，無法代表價值。價值，塞萊絲特……而且，「別人都佩了劍，你就不該空手上戰場。」

六月十六日，普魯斯特在葛拉迪絲・狄康[7]（Gladys Deacon）和馬博羅公爵（duc de Marlborough）的訂婚典禮上，與軒尼詩夫人[8]（Hennessy）共進晚餐；關於在場這幾位人士的事，在二十一世紀的今天，甚少有人能侃侃而談，應小心別冒犯了他們。藉此機會，他再次見到阿爾蒙・吉什公爵。他早已預期兩人能在此愉快相見，或許甚至再能觸碰到軒尼詩夫人肥胖的手臂；這要是有人故意想歪那他可真可恥。兩人的談話，充滿上流社交圈的格調，圍繞著虛構人物蓋爾芒特公爵夫人和真實存在的雪薇妮夫人打轉。據說後者被人認出具有蓋爾芒特公爵夫人的特質，並未顯得不高興，但當人家將小說人物的極度自私行徑講給她聽後，就完全是另外一回事了。斯萬與紅鞋那一幕，人家是怎麼描述給雪薇妮夫人聽的……

6 新法蘭西評論出版社當年所在的街道，現改名為塞巴斯提安—伯坦街（Rue Sébastien-Bottin）。

7 Gladys Marie Deacon（一八八一至一九七七年），美國社交界名媛，以驚人的美貌聞名。馬博羅公爵查爾斯・史班賽—丘吉爾（Charles Spencer-Churchill）與元配離婚娶了她。普魯斯特在佛斯特小姐（Miss Foster）這個人物中參考了她的形象。

8 Marguerite Hennessy de Mun（一八七七至一九七〇年），貴族出身，丈夫為法國駐瑞士大使Patrick Jean Hennessy，來自著名的白蘭地家族。

普魯斯特掏出一條手帕，輕按唇邊，又擦了擦眼睛，看著與他交談的這位女士，她那胖呼呼的胳臂。他舉杯用依雲礦泉水濕潤嘴唇，那瓶水還是他荒謬地從阿默蘭街家裡帶來的。可以隨心所欲地把人生過得非常複雜的時候，為什麼要將就從簡？紅鞋那一幕是怎麼回事？找個人來問問。吉什公爵，他讀過那一段，於是發言解釋。是這樣的，蓋爾芒特公爵和公爵夫人正要出發去聖歐維特夫人的晚宴，他們的車子已經來了，但此時有一位訪客出現，一位願意隨時效勞的朋友，他特地前來回應公爵夫人的一項請求，他並非泛泛之交，而是一位非常珍貴的友人，斯萬。他來宣布自己生了病，同時說明自己將不久人世，於是公爵夫人陷入兩難，既希望晚宴不要遲到太久，又覺得應該對她這位永遠的友人表示疼惜。她穿戴一身紅色，而就在跨上車輛時，公爵發現她穿的是黑色的鞋子。怎麼辦？我能做什麼，我的愛？（Que cosa posso fare, amore mio?）沒時間傷腦筋了，她必須迅速回房換鞋，儘管可預見抵達聖歐維特老夫人家時一定會遲到。不過，回房之前，她轉身面向斯萬，大聲告訴他，剛才他所說的，她一個字也不相信。至於公爵，他那副對別人的不幸冷淡不在乎的模樣更是糟糕。他不停嘮叨，訴說自己的消化問題，然後，告別斯萬的時候，他說：「別被那些笨蛋醫生嚇到，見鬼了！他們都是些蠢驢。您的身體硬朗得像新橋一樣。以後您會為我們大家送葬！」

所以，藏在蓋爾芒特公爵夫人後面的是誰呢？有人再次猜測是雪薇妮夫人。軒尼詩夫人和阿爾蒙．吉什則推舉葛瑞夫勒伯爵夫人[9]（Greffulhe）。普魯斯特驚呼出聲，當然不是，首先，伯爵夫人有助於他描繪蓋爾芒特公主，而非蓋爾芒特公爵夫人；再者，關於紅鞋那一段，事實上，是史陶思夫人給他的靈感，而且潔妮薇耶芙在閱讀他的書時自己就認出來了，並未當多麼嚴重的一回事，因為她是一位高貴的女士，在座的各位都很清楚，我們的國寶潔妮薇耶芙，可憐的人兒，其實已十分虛弱。至於雪薇妮夫人，普魯斯特仍然且始終感到氣餒，她總錯看他，

9 Comtesse Greffulhe，閨名Marie-Joséphine-Anatole-Louise-Élisabeth de Riquet，亦為卡拉曼—奇美伯爵夫人（comtesse de Caraman-Chimay）（一八六〇至一九五二年），法國貴族，知名沙龍女主人，文學，音樂，藝術各領域的贊助家。《追憶似水年華》中蓋爾芒特夫人的原型之一。

昔日在加布里埃大道上，化身天堂之鳥，而今，在《蓋爾芒特那邊》出版後，已成了頑固的老母雞。他說，這是一個已放棄一切的男人，在生命末期僅僅還能感受到的幾項沉重憂傷之一。席間一片靜默。「別這樣，我並非故意要讓您們難受。請原諒我。」普魯斯特啜飲一小口依雲礦泉水。啊，這些醫生，說話真不得體，有人這麼說了一句。

一九二一年七月十四日，天氣熱到政府當局決定取消閱兵，但普魯斯特蓋著七條羊毛毯寫作，身披一件毛皮長大衣，搗著三只「熱水球袋」，並同意塞萊絲特不顧煙味四竄，在房間的壁爐裡點燃一大段柴火。

到了九月，他深為暈眩所苦，甚至，極不尋常的竟從床上跌了下來！身體出現尿毒症的病徵，他母親與貝戈特所患的疾病。十月初，他再次因為攝取過多常用藥劑（佛羅拿，雙烯丙巴比妥）而中毒，且直到隔天他才召喚塞萊絲特。當她質問他為何等了這麼久，「如果確定能跟媽媽重聚，」他對她說，「我願意馬上就死。」

十一月時，他拜訪了人稱亞馬遜女戰士的娜塔莉・巴尼[10]（Natalie Barney），去她位於雅各街（rue Jacob）二十號的住宅。他遲到了很久，穿著套裝，胸襯皺兮兮的，跟平常一樣。她則穿著睡衣，已上床就寢。

他在艾提安和艾迪絲・德・波蒙家[11]（Étienne et Édith de Beaumont）度過新年。他們在杜洛克大道（boulevard Duroc）上的私人豪宅裡舉辦了一場舞會，普魯斯特在那裡待了一整晚。古怪的念頭。想必是為了他的書，充實他的書，而非滋養自己的身體。

---

10 Natalie Barney（一八七六至一九七二年），美國劇作家，詩人和小說家。長期定居巴黎。她在左岸雅各街（rue Jacob）的家裡所舉行的週五沙龍持續了六十年以上，聚集來自世界各地的知名作家和藝術家。此外她致力於促進女性書寫。是一位公開的女同性戀者。

11 Étienne de Beaumont（一八八三至一九五六年），法國貴族，法國現代藝術的重要推手，大力贊助前衛的音樂、舞蹈、電影，例如畢卡索，俄國芭蕾，考克多，特別是薩堤（Erik Satie）的長期支持者。與夫人Édith（一八七六至一九五二年）年年在巴黎舉辦各種大型舞會，音樂、主題、布景、設計，無不講究。

*

一九二二年，一開始就十分精彩。麗池酒店的一場舞會上，泰瑞莎・德・伊尼斯戴爾小姐（Thérèse d'Hinnisdaël），亦即李維侯爵夫人[1]（李維—米爾布瓦的李維，而非李維史陀的李維），為他表演了當時最新的流行舞蹈，探戈，以及一些舞步，或許可說是查爾斯頓搖擺舞的前身。保羅・莫杭與一位一身淡紫的美麗女子共舞，但那人並非蘇佐公主[2]（princesse Soutzo）。普魯斯特加入了英國鄉村舞的行列，這可是千金難得一見的場面。排舞人群中包含了大鍵琴家汪妲・藍道斯卡[3]（Wanda Landowska）、千金大小姐艾蓮娜・瓦卡瑞斯科[4]（Hélène Vacaresco）、瑪麗・雪科維契[5]（Marie Scheikevitch），戈蒂耶—維尼亞勒

（Gautier-Vignal）[6]（帕西96—75〔Passy 96-75〕）旋轉起來的身姿宛若一名俊美的魔鬼；一位俄羅斯貴婦，一位羅馬尼亞女子，一位比利時女子，一位墨西哥人……普魯斯特突然感到飢腸轆轆，他塞錢給一個工作人員，對那人來說，他就像一匹白狼那樣知名醒目。他讓那人另開一間沙龍供他個人使用，並替他端上一份烤羊腿。

一天早上，在他工作了整夜之後，為了等待加斯東．伽利瑪的可能到訪，他決

---

1 Thérèse d'Hinnisdaël（一八四四至一九三四年），李維—米爾布瓦侯爵夫人（marquise Lévis-Mirepoix）。

2 Princesse Soutzo（一八七九至一九七五年），希臘—羅馬尼亞公主，保羅．莫杭的妻子。夫妻二人與普魯斯特交情深厚而複雜。

3 Wanda Landowska（一八七九至一九五九年），波蘭裔法國大鍵琴演奏家。她是首位用大鍵琴錄製巴哈的《哥德堡變奏曲》的音樂家（一九三一年）。

4 Hélène Vacaresco（一八六四至一九四七年），羅馬尼亞裔法國作家，曾獲得兩次法蘭西學院文學獎。

5 Marie Scheikevitch（一八八二至一九六四年），俄裔知名沙龍女主人。幼時即定居法國，熟識巴黎藝文社交圈，與普魯斯特在卡堡結識，交情匪淺，曾贊助《斯萬家那邊》的出版。雪科維契本人曾於一九三五年出版《消失時光之回憶》（*Souvenirs d'un temps disparu*）。

6 Louis Gautier-Vignal（一八八八至一九八二年），法國作家，劇作家。普魯斯特友人。

意撐著不睡，吞食超量的腎上腺素。那天，一月十八日星期三，如果加斯東當晚不來，那麼普魯斯特就要動身去羅蘭－皮夏街拜訪雅克．波黑爾。但是，正所謂有樂必有苦，這麼一來，星期四和接下來的幾天，他就不能接見伽利瑪，因為這一趟出門必然會引發氣喘。不過加斯東．伽利瑪堅持晚上過來，只要需要，過來幾個晚上都可以，來他的住所，阿默蘭街，在普魯斯特認為最不礙事的時間，來幫他完成他的手稿，直截了當地說：幫助他結束工作，也就是幫助他交出修正版本，可以發印。修正好的定稿《索多瑪與娥摩拉[7]二》，伽利瑪已取得版權且十分想將它出版問世。但伽利瑪不了解，至少沒評估到普魯斯特不僅不擅長改稿，他根本不認為這是件該煩惱的事（當然，除了事後發現錯誤躍然眼前的時候）。他在意的是增添，加貼在樣稿上的紙條，塞萊絲特口中所說的「紙捲」（paperole），結果是不斷拖延結局，或許也是他的結局——拖延結局，也就是拖延死亡，他的死亡。但不是這樣，普魯斯特不僅不著急，儘管他很清楚自己的病已到致命時期，而且期限可能很短，非常非常短，他不急著下結論、「收尾」，寫下「完」這個字，何況「完」這個字，他早已寫好；甚至，讓塞萊絲特相信他很高興總算寫下來了。但因他將灰白的臉朝向遠方，因他從此可以平靜死去，這個駭人的字眼益發顯得可怖。其實不是，根本不是這樣，他們什麼都不懂，單純的塞萊絲特不懂，城府極深的加斯東．伽利瑪也不懂。普魯斯特就剩最後幾個月可活，可活的意思就是可工作，他並非為擔憂他的書未能付梓，未能完成而想延遲死亡，目標其實是持續不斷地發展它，增加頁數、印象、思考、整理微妙的差異，想再修飾某個人物的描述，把某項行為寫得更完美，讓某種特性更易於了解，因這些伏筆藏在背景裡，在後台之下二層或下三層，就像藏在巴黎那些百貨公司的地下二樓或三樓，大致類似同時代的佛洛依德對於人類動機所做的描述，想像人體內有一個洞穴，從中發出衝動，秘密欲望，當然秘密得連本人都不知道；我們的不祥預感，儘管

7 索多瑪（Sodom）和蛾摩拉（Gomorrah）是聖經中的兩個城市，首次出現在《希伯來聖經》。因為城裡的居民不遵守上帝戒律，充斥著罪惡，被上帝毀滅。後來成為罪惡之城的代名詞。

被忽視但力量極為強大；我們不經意犯下的口誤筆誤，我們轉瞬即逝的夢，我們沒成功的舉動，我們遺忘的一切。然而只有一個洞穴並不能讓普魯斯特滿足，他要好幾個，好幾個洞穴，要數不清的洞穴層層相疊，在那裡面，一群人上方有另一群人，彼此之間卻互不認識，在不同的樓層之間，棲居著我們的衝動、我們的秘密欲望、我們的不祥預感，被忽視且永遠無法被得知。而且無論他做什麼，儘管他還活著，儘管上天讓他再多活一點，他的書，依他的個性，將永遠停留在未完成的狀態。因此書如人生，如所有的生命，即使在人們武斷地寫下「完」這個字之後，書本仍然開放，迎向各種前所未有的可能性，種種旅程，愛情，及其他：對一位像貝戈特的作家來說可能是一頁文字，對一名像凡特伊的音樂家來說是一段樂句，對一個像埃爾斯蒂爾的畫家來說則是一幅草圖。因為刻寫「完」這個字，不正是仍然活著的鐵證嗎？證明他還可以寫、還可以精益求精、可以塗改，稍微再親口餵食那個存在，它活力十足，永無飽日，從我們的生活汲取養分，使我們宛如尚—亨利．法布爾觀察到的泥蜂，毫不留情地將毛毛蟲整個僵住，麻痺，逼它活著交出營養可口的血肉？請注意，塞萊絲特，我現在說的不是埋葬蟲。那種甲蟲在動物屍體上產卵，幼蟲一孵出，就得以飽食腐肉。不，我所說的手法更聰明，也更殘忍。根據法布爾所看到的，泥蜂幼蟲吃的是活物，就像我的書，塞萊絲特，每天夜晚吸取我僅剩的一點力氣，而這點力氣本來就為貢獻給它。您注意到了嗎？塞萊絲特，加貼在樣稿上的紙條（béquet）跟親口餵食（becquée）唸起來很像。在我的書中，博學的布里肖（Brichot），您還記得他嗎，塞萊絲特？斯萬覺得愛賣弄學問又俗氣的那個索邦派學究？若讓他引經據典地考究這兩個字想必很好玩，一個貝戈特之流的人應該會想知道它們的字根。

普魯斯特在一月十八跨十九日那一夜去了波黑爾家。塞萊絲特趁他不在，「徹底」清掃他的房間，通風，換床單、枕頭套，整理文件紙張、報紙、信件，收拾扔在地上的手帕、鋼筆套、耳塞、棉球、濕毛巾。自從黑珍娜過世之後，這是他首次拜訪，他在凌晨兩點抵達，遇見雷昂－保羅・法格，跟他聊起考克多，提到羅貝爾・德・孟德斯鳩[8]（Robert de Montesquiou）最近去世的消息，也就是去年十二月的事。聽說格拉榭出版社（Grasset）正在印刷他的回憶錄。普魯斯特擔心自己有什麼事會被那回憶錄揭露。畢竟，您知道的，「鳩鳩」那個傢伙，可是非常會記仇。

當他賞臉親自赴邀，比方說，蘇佐公主在麗池飯店的邀請，即表示他想向人家打聽某個「重大至極」的資訊，像是她在某個場合所穿的一套裙裝細節。到場的時候，他神色驚慌、茫然，彷彿從夢裡走出來，根據某個在場人士的說法，像一個「困在大霧中猶疑如何降落的飛行員」。如果想問的人不在，導致他只好空手而回，他便會向塞萊絲特抱怨，說他這趟出門一事無成，也就是說，他大費周章筋疲力盡卻徒勞無功，這樣的狀況很令人氣惱，他浪費了許多時間和精力，本來可以用來做別的事。有時候，某某先生或某某女士的確在場，但是正跟別人聊得起勁，於是他反而不敢貿然現身。他會好好寫一封信去道歉，為什麼道歉？為了他一心想跟某先生或某女士說話，卻沒有主動接近，只因為害怕自己冒失，且對方又似乎正跟別人聊得起勁……不過，他倒真想見見伊莉莎白・德・索姆伯爵夫人（Élisabeth de Somme）那位名號聽起來很不真實的年輕表弟，亦即某位弗夫黑—喬利的艾薩爾之亨利・德・布瓦傑蘭（Henri de Boisgelin des Essarts du Vouvray-Joly），但他不在場，也許沒有受邀，或有事沒來。他本打算請他轉告伯爵夫人，勞駕她今晚把他姑婆的照片帶過來，也就是德・拉・維傑特老夫人（Mme de la Vergette），閨名卡絲特里・德・拉・庫爾潔維特（Castries de la Courgeverte）。那天晚上，在麗池，他也很希望莫杭先生能邀請莫里斯・馬當・杜・加爾先生[9]（Maurice Martin du Gard）。但這些事一件都沒發生，塞萊絲特，有時候就是會

---

8 Le comte Robert de Montesquiou（一八五五至一九二一年），法國貴族，詩人，文人，評論家，知名唯美派貴公子，葛瑞夫勒伯爵夫人的表哥。藝文界贊助者，帶領年輕的普魯斯特進入巴黎貴族社交圈。《追憶似水年華》中的夏呂斯男爵以他為原型。

9 Maurice Martin du Gard（一八九六至一九七〇年），法國作家及文學報刊記者。諾貝爾獎得主羅傑・馬當・杜・加爾（Roger Martin du Gard）的遠房表親。一九一七年創立了《新文》（*Les Écrits nouveaux*）雜誌，一九二二年到一九三六年間擔任《新法蘭西評論》的總編輯。主要著作《值得緬懷的人們》（*Les Mémorables*）記錄了一九二〇年到一九四〇年間的重要法國知識分子群像。

碰上這樣的日子，或該說，這樣的夜晚，事事不順，彷彿白白過活，生命不再有任何意義，只不過是一副空殼，沒有成就也沒有樂趣，沒有任何具體的收穫。簡單地說，塞萊絲特，正如我告訴您的那樣，整晚的時間和晚宴一起被糟蹋掉了，加倍累人。而且，塞萊絲特，我還被耽擱了，就為了這些蠢事。

—但是，先生，您所說的這些蠢事，難道不能為您的作品增色？

—您讓我啞口無言，塞萊絲特，我都已經沒什麼食欲了，您還搶走了我嘴裡的麵包。

他的姪女蘇西．普魯斯特（Suzy Proust）慶祝年滿十八歲。生日原本在去年的十一月二十五日，但她的雙親直到一月二十八日星期六才幫她辦宴會。羅貝爾．普魯斯特一家人知道馬塞爾在波蒙夫婦家過了新年。但他們不知道，為了避開麻煩，他假稱自己根本無法出門。總之，他去了這場宴會，一場「醫療盛會」。醫學界、軍官界和社交界的巴黎名人會（le Tout-Paris）。所幸沒有藥味，動植物氣味，或哪個焚香爐所散發出的香味。而且，人們都對他那麼和善，把沙發讓給他，就連名醫加布里埃・布福・德・聖布萊茲（Gabriel Bouffe de Saint-Blaise）也這麼做。此話毫不誇張。有也只是一點點。

普魯斯特不斷按鈴召喚塞萊絲特。他抱怨冷風吹個不停。上帝啊這怎麼可能呢，先生？門窗都關得緊緊的，窗簾一直是拉上的。他請她把維希礦泉水（eau de Vichy）稍微加溫，因為，理由很簡單，她留給他的那杯氣泡都跑光了。她按照要求替他烤了一塊派，他覺得難以下嚥，退給了她，幾乎大發雷霆。接下來的反胃感讓他嘔出了馬鈴薯，也是他先前要求她做的。他抱怨身體發凍（時值四月下旬的最後幾天）。廚房是不是比較暖和，塞萊絲特？他按鈴，為了抱歉按了這麼多次鈴。他服用腎上腺素以保持清醒，繼續工作；然後又吃一顆安眠藥，為了能睡幾個小時；再喝下一些攙了三氯甲烷的水，藉以止吐。您有沒有可頌麵包，塞萊絲特？像我喜歡的那樣新鮮酥脆嗎？煮馬鈴薯要花很長的時間，是不是？您覺得可以嗎？那麵條呢？事實上，算了，塞萊絲特，還是不要可頌麵包了吧。其他的也都不要了。

我什麼也吞不下去。我是否已經按過鈴，塞萊絲特？為了跟您要杯花草茶？

—不是，先生，是為了告訴我您不想喝了。

—儘管如此也不礙事，還是請您立刻替我端上一杯，要熱騰騰的，不要跟上次一樣。有時候您真叫人受不了，塞萊絲特，都沒人跟您說過嗎？

普魯斯特受到繆拉伯爵夫人[10]（comtesse Murat）的邀請，但正當他準備出門時，保羅．莫杭臨時來訪。然而他真的很想去繆拉家的晚宴，去見波利尼亞克公主[11]（princesse de Polignac）。只有從她那裡，他才能採集到關於佛瑞（Fauré）或法朗克或德布西或聖桑的重要音樂資訊。他寫了，或該說，字跡潦草地，塗寫出一封感謝道歉函給伯爵夫人，另外又寫了一封給公主，向她提問。

四月初，他猛吃腎上腺素，為了去麗池見悉尼．席夫（寫小說的筆名為史蒂芬．哈德森〔Stephen Hudson〕）。他預訂了他慣用的十二號房，星期六上午，七點。在那個房間裡，他會見的皆是多少有名望但不太熟的朋友，不好請他們到他位於阿默蘭街的「陋室」（如他本人所言）來。麗池飯店的接待總管歐利維耶·達貝司卡親自帶他的客人到十二號房，普魯斯特則在昏暗的光線中接見他們，穿著無尾禮服，套著上了漿的白胸襯，雙腿蓋著一條蘇格蘭毛毯，雙手戴著灰棉手套。唯有的一點點光亮來自角落裡的一盞罩燈。普魯斯特本人說話的聲音很悶，根據在場的人所言，彷彿一個「眼皮下垂的亞述僧侶」。這話沒忘了影射他書中的人物「亞述人」阿爾伯特·布洛許（Albert Bloch），那頭行事迂迴不正的鬣狗，東方人，一言以蔽之，就是猶太人，跟他一樣的，猶太人，那個布洛許。

那一天，抵達麗池的時候，他沒找到經理亨利·艾萊斯（Henry Ellès），也

10 Comtesse Gaëtan-Joachim Murat，閨名Thérèse Bianchi（一八七〇至一九四〇年），法國貴族，才女。

11 Winnaretta Singer，princesse Edmond de Polignac（一八六五至一九四三年），出生於紐約，勝家縫紉機家族，人稱「維妮」。知名女同性戀者。第一段婚姻被梵蒂崗取消，在葛瑞夫勒伯爵夫人與羅貝爾·德·孟德斯鳩的安排下，與男同性戀者艾德蒙·德·波利尼亞王子（Prince Edmond de Polignac）結婚。兩人維持深厚的情誼。她大力贊助當時的巴黎藝文界及公共衛生建設。名曲《悼念公主的帕凡舞曲》（*Pavane pour une infante défunte*）即是拉威爾獻給她的作品。

沒找到飯店的首席領班歐利維耶．達貝司卡，因為那天是他外出的日子，這可真叫人氣惱。他上樓進他的房間，要求樓層服務生去通知席夫伉儷他到了。服務生過了一個小時左右才回來，說席夫先生的確來了，但夫人沒來。普魯斯特遣他回去問清楚些。服務生又過了一個小時才回來，說飯店裡的確有一位席夫先生，不過那是莫蒂默．席夫先生（Mortimer Schiff），不是悉尼．席夫先生。我為這件事深感遺憾，先生，希望您能明白。

普魯斯特跟歐迪隆回家。這一切可有得讓他向塞萊絲特抱怨了，而且要她聽寫一封訊息，寫給那位英國友人。就在此時，一場高燒來得又猛又烈。他承諾，再也不莽撞離開床榻。在每封信裡，他都說他已不久人世，而且不再給任何人寫信，僅此一封短箋例外，此外，受迫於疲憊虛弱，信件也只好走筆到此。

他很清楚有些人說他是沽名釣譽，認為他嶄露頭角之後就拋棄朋友，說他高傲虛榮，而且每晚流連於名門貴族的豪宅，被人看見他在跳英國鄉村舞，這說明了這個垂死之人實際的健康狀態。他似乎還去參加了面具舞會。假如是這樣，塞萊絲特，人們怎麼有自信認出我來？

—的確，先生，您說得沒錯。

或者說他去了化裝舞會，有人好像看見他打扮成水牛比爾[12]（Buffalo Bill），頭上戴著斯泰森氈帽（Stetson），腰間插著幾把科爾特左輪手槍（Colt）。您想像一下，塞萊絲特，我？牛仔！他會替我們大家送葬的，人們這麼認為，一定會這樣。是啊，塞萊絲特，就像我可憐多病的斯萬，在蓋爾芒特公爵眼中看來也是這樣。硬朗得像新橋一樣！您老家那句話是怎麼說的，塞萊絲特？我叫你去哪你就去哪，是這樣嗎？

—我沒聽過這個說法，先生。

—讓我靜靜吧，塞萊絲特，我有工作要忙，您這樣操心，打擾到我了……

12 Buffalo Bill Cody（一八四六至一九一七年），南北戰爭軍人、陸軍偵察隊隊長、驛馬快遞（Pony Express）騎士、農場經營人、邊境拓墾人、美洲野牛獵手和馬戲表演者。美國西部開拓時期最具傳奇色彩的人物之一。他的牛仔表演十分有名。

三月，輪番服用腎上腺素和咖啡因、鴉片及佛羅拿，不再吃喝，一點也不肯再睡，尿毒症多次發作。

四月底，他寄送《索多瑪與娥摩拉二》的原版題名簽名書給悉尼・席夫、雅克・班維爾[13]（Jacques Bainville）、雷昂・都德、諾阿依夫人、保羅・蘇代[14]（Paul Souday）、史陶思夫人、阿貝爾・赫爾曼[15]（Abel Hermant）、費爾南・凡德雷姆[16]（Fernand Vandérem）、尚・阿加爾貝[17]（Jean Ajalbert）、皮耶・安德烈－梅[18]（Pierre André-May）、柏格森、亨利・德・黑尼耶、德澤爾・德・達烏拉斯的瑪麗—克勞德・丹基（Marie-Claude Danguy des Déserts de Daoulas）和法蘭斯瓦・莫里亞克，每人一本。莫里亞克回信給他，表達稱讚之意，但也遺憾他書中的「索多瑪症」未以哪個身心健全的人物稍作平衡。畢竟，這兩座被詛咒的城，不構成宇宙的全部。地球上不是只有不幸災厄！不是只有下流齷齪，不是只有雞姦！我的上帝啊！然而，一片讚美詞中的這項保留意見，對他來說似乎僅算輕罪一樁，幾乎沒有分量。加加減減之後，他覺得這其實比不當的讚美來得好。那些詭異駭人的稱讚，把他與一些過時作家相提並論，如皮耶．貝諾瓦（Pierre Benoit）或薩洛兄弟[19]（les frères Tharaud）之流。但真正讓他簡直氣血逆流的，打個比方，是人們不了解他，或者誤解他，或亂作解讀，或稱他具有觀察入微、

---

13 Jacques Pierre Bainville（一八七九至一九三六年），外國政治專欄記者，史學家，法蘭西學院院士。

14 Paul Souday（一八六九至一九二九年），法國文學評論家及散文家，曾出版普魯斯特的傳記。

15 Abel Hermant（一八六二至一九五〇年），法國作家，劇作家，法蘭西學院院士，因二次大戰德軍佔領時期通敵，戰後被除名。

16 Fernand Vandérem（一八六四至一九三九年），法國劇作家，小說家，文學評論。

17 Jean Ajalbert（一八六三至一九四七年），法國藝術評論家，律師，自然主義派作家。

18 Pierre André-May（一九〇一至一九九九年），文學刊物《意圖》（*Intentions*）創辦人，小說家，古董收藏家。

19 Jérôme Tharaud（一八七四至一九五三年），以及Jean Tharaud（一八七七至一九五二年），兩人聯手寫作，四處旅行，將所見所聞寫入書中。兩人皆是法蘭西學院院士。作品迎合當時的大眾思想及價值觀，包含種族歧視及反猶太內容。

細膩的昆蟲學者天賦。其實根本沒有！尚—亨利・法布爾一輩子都如禱告的伊斯蘭教徒，彎腰跪在普羅旺斯的粗硬草地上，對其研究他懷有無比敬意；但是他，普魯斯特，他用的是望遠鏡，不是顯微鏡，這一點他一再強調到了傷身勞神。他比較類似一名天文學家，追尋的那一點也不是小蟲子。他不吹毛求疵，不在雞蛋裡面挑骨頭。在您洛澤省老家，塞萊絲特，人們是這麼說的嗎？

—就我所知並不是，先生。

—喔？那他們是怎麼說的？

—呃，例如……我不知道，先生。

—我觀察遙遠的星球，塞萊絲特，試圖建立定律規則。像愛因斯坦，好極了，塞萊絲特，就像愛因斯坦！

—可是，先生，容我進一步說……

—不，塞萊絲特，說一百次仍是不，您說的大錯特錯，但犯錯的不止您一人。一個字也別再說了。

狄亞基列夫[20]（Diaghilev）及舞團舞者，以及他仰慕的四位天才，畢卡索、史特拉汶斯基、普魯斯特和喬伊斯[21]（Joyce）。宴會時間訂在伊果．史特拉汶斯基的《狐狸》首演結束之後。那是一齣「滑稽荒唐」的芭蕾舞劇，由俄羅斯芭蕾舞團在歌劇院演出。詹姆斯．喬伊斯，定居巴黎兩年了，接近午夜才到，一抵達立刻感到困窘、尷尬，因為他清楚知道自己的衣著不妥（總之他沒有適合晚宴的禮服），於是整個人悶悶不樂。他非常欣賞席間所有人，除了普魯斯特以外。普魯斯特的書他只讀過幾頁，感覺不出其中潛藏任何才華。晚宴結束，席夫伉儷步出酒店，喬伊斯跟著他們走出，並與其他人一起坐進歐迪隆的包租車。他坐在門邊的位置，隨手搖下車窗，點燃一根香煙。席夫看見了，請他立刻把煙扔掉並關上窗戶。喬伊斯的眼神流露不滿，普魯斯特灼痛的胃亦連連抗議。普魯斯特率先向他搭話，問他是否喜歡松露，然後又問他可曾見過某某公爵夫人。他得到的回應依序如下：先是再否。普魯斯特接著說，我很遺憾未能認識喬伊斯先生的作品。喬伊斯說：我從來沒讀過普魯斯特的東西。抵達阿默蘭街後，普魯斯特請悉尼．席夫轉告喬伊斯先生，請他接受搭原車讓歐迪隆送他回去。

回到房間後，普魯斯特確定自己受了風寒。

他發現勞兒・海曼夫人（Laure Hayman）來了信。路易・威爾舅舅（Louis Weil）的「玫瑰夫人」，認識的時候，小馬塞爾十七歲，她三十六歲，好久以前的事了。不就是奧黛特嗎。奧黛特・德・克雷西（Odette de Crécy），拉・佩魯斯街（rue La Pérouse）的那個讓人包養的情婦，奧黛特・斯萬，後來變成希爾貝特的母親。正巧，這位七十多歲的老玫瑰夫人暴怒抓狂，她不高興，一點也不高興。的確，那篇優美的文字，那一份熱戀及歇斯底里的騷動為她增添了幾許芬芳，她

20 Serge de Diaghilev（一八七二至一九二九年），俄羅斯的藝術評論家、贊助人、芭蕾舞承辦人和俄派芭蕾之創始人。

21 Augustine Aloysius Joyce（一八八二至一九四一年），愛爾蘭作家和詩人，現代主義文學大師，以多變的實驗性寫作方式著稱。代表作包括短篇小說集《都柏林人》（一九一四）、長篇小說《一個青年藝術家的畫像》（一九一六）、《尤利西斯》（一九二二）以及《芬尼根的守靈夜》（一九三九）。

本人並未讀過，倒是一些親信對她透露實情：普魯斯特描繪的那個交際花，一心渴望晉升布爾喬亞贏得尊敬，渴望安穩的婚姻生活，而且最後手段靈巧地達到了目的，這個角色富含許多她的特質。普魯斯特想知道所謂的親信是誰？好，就是他，兩人共同的朋友弗雷德里克・德・馬德拉佐（Frédéric de Madrazo）。那些相似的特質就是他不久前提醒她的；而牽扯到她的那本書出版於主後一九一三年，傳言書名倒是取得很 smart，叫《斯萬家那邊》。這是真的嗎？海曼夫人十分好奇小馬塞爾會如何證明自己的清白。啊！他要否定事實恐怕很難！舉個例子，他似乎在書裡給那個奧黛特分配了一棟小樓房，位於拉・佩魯斯街，就在凱旋門後面，門牌號碼三號，而那正巧是當年她與他的路易・威爾舅舅交往時所住的地方。這可就證明了奧黛特・德・克雷西就是她，勞兒・海曼！原來小馬塞爾根本是個怪物！至於她，她從來不是個沽名釣譽的人，何況被貶低成這樣，寫進一本傳遍全巴黎的書，而且這本書，聽說還得到多位高人雅士大力讚賞！噢！真是 shit！我想，我們那些大不列顛的朋友是這麼說的。

於是普魯斯特回以一向應付類似狀況的相同論調。不，奧黛特・德・克雷西不是勞兒・海曼。甚至正好完全相反。即使她碰巧認出某項共通特點，也無法證明任何事。請看看史陶思夫人，拿她當榜樣，多思考一下。所以，在《少女倩影》裡，在奧黛特，或應該說斯萬夫人，他所愛的希爾貝特之母親（他愛那位母親也愛希爾貝特，幾乎連斯萬本人都愛）的沙龍裡，他安排了非常特殊的花朵，純白，那是他在史陶思夫人家看到的，名叫「雪球花」。

而冰冷但已繁花盛開的這幾個星期，在這間我後來再也不去的沙龍裡，早已向我提示全部的實情，透過另一種白，更令人陶醉的白，比方說「雪球花」，那高高聚集在宛若拉斐爾前派[22]畫中筆直的，灌木般，光裸的長莖之巔的細碎小花結成的花球，白如報信天使，周圍縈繞一股檸檬芳香。

22 拉斐爾前派（Pre-Raphaelite Brotherhood），又常譯為前拉斐爾派，是一八四八年在英國興起的美術改革運動。

她應該猜想得到，那些花，史陶思夫人也認出來了，卻謹慎地避免從奧黛特這個人物角色指認自己。此外，普魯斯特的記憶中，勞兒．海曼在裝潢和布置方面還頗有品味。普魯斯特早已放棄說服世人相信蓋爾芒特公爵夫人並非葛瑞夫勒夫人，蓋爾芒特公爵也不是杜勞侯爵（Marquis du Lau）。但是，他承認，後面這兩人有一個共通點，就是早上都穿著睡衣站在窗邊刮鬍子，以蔑視租用他們聖哲爾曼區豪宅屬地的所有住戶，那些鄉巴佬。一點判斷力也沒有。她以為書裡把她寫成了一頭鵝？錯得多麼離譜！他還記得，她輕盈得像隻燕子，美貌可比天堂鳥……「上流社會的女人對文學創作毫無概念。我們是不會把一個人，原原本本寫進書裡的。」

這樣的事可真累人，塞萊絲特，甚或多餘。不過，能在我消逝以前解決，總算是件好事。您可否替我買一點蘆筍，為我烹調？我也許吃也許不吃。等我按鈴，您再替我送進來。我也許按鈴，也許不按。如果我按了，請您立刻進來。假如我沒按，您還是進來看看是否一切安好。

儘管他病重，疲憊，痛苦，氣喘經常發作，風濕疼，失眠，服用各種藥物，仍然每天寫或唸寫好幾封信，有時寫好幾頁；他每天讀《費加洛報》，《高盧人報》，與他有關的訊息簡報、人們寄給他的書、雜誌，以及信件。對於收到的書籍，每次都費心擬寫一篇詳盡的感謝回函，而非簡單幾個字。對於因收到他寄送《索多瑪與蛾摩拉二》而寫來的感謝信，他也感謝不誤。

他什麼都讀，是的，就連本名皮耶爾堡（Pierrebourg）男爵夫人的克勞德·費爾瓦[23]（Claude Ferval）寄給他的古希臘羅馬題材小說《克麗歐佩特拉生與死》（*La Vie et la Mort de Cléopâtre*）也不例外。即使書裡每頁至少有十處陳腔濫調，他仍滿紙讚美之辭。有失真誠？毋寧說是優雅氣度，以及純粹的體貼和善意。這位女

23 Claude Ferval（一八五六至一九四三年），Marguerite Aimery Harty de Pierrebourg男爵夫人為了讓自己的作品看起來比較有分量而取的男性筆名。沙龍女主人，普魯斯特的好友，及仰慕文采的女作家。

士能給他造成什麼陰影？這也不是沾光，因為那根本不算是榮耀。一名作家不可能擔心受一名非作家的威脅，他自己也曾湊合出過一些書——人們濫稱為書的東西。除非是經由新法蘭西評論出版社編輯，而且讓他們引以為傲，在他們的型錄中標示不可思議的印刷量，那我們的小馬塞爾，他就會感到憤慨。但是，塞萊絲特，要知道，親王無法認同布爾喬亞式的成功，從他親王的眼光看來，這種成功根本不存在，一點也不牢靠，就像空氣一般，無色也無味。正因為我不是親王，所以我更可以跟您這麼說。但，如果我是一位親王，一個尤采斯公爵（duc d'Uzès），一個蓋爾芒特公爵，那麼，有一天成為作家的想法，或許很早就與我擦肩而過。

—所以，這是一種反撲的方式嗎？先生？

—是，也不是，塞萊絲特。應該說是為了讓我自己顯得獨特。為自己樹立一個名聲，請容我使用這種俗氣的說法。不過，說到底，也沒那麼俗氣。一個王子與生俱來就享有名聲，根據「位高任重」（noblesse oblige），他不需要做什麼以證明自己值得高貴之名。可是對一名布爾喬亞而言，對像我這樣的布爾喬亞而言，情況卻不一樣，必須靠自己的力量創造，必須讓自己出名。

—但他到底為什麼非要這麼做不可，先生？

—啊！塞萊絲特，您指出了一件值得深思的事。而且您說得非常有道理，並非人人都有這份野心。就拿斯萬當例子吧！他擁有所有能出名的優渥條件，然而唯一熱中的是與人談藝術，討女性歡心……更確切地說，討王子們歡心，也就是他那些賽馬俱樂部（Jockey-Club）的朋友。充其量僅有貪圖幸福的野心，如此而已。我沒有這種機會，或者這種缺陷，隨大家高興怎麼說。這是一項與信仰有關的事情。

普魯斯特對自己沒能完成作品向雅克．希維耶爾表達絕望。希維耶爾則安慰他，相信他一定能寫完。然而，癥結就在寫完和完成之間的那道縫隙。寫完，會的，百分之百會的。最後的主要幾頁都寫好了，包括「完」這個字。但是就盡善盡美的層次而言呢？絕對不行，因為這部作品，或者可說他所有作品，其實根本無法結束。死亡永遠會來打斷。而這一點只有普魯斯特本人能了解，雅克・希維耶爾不會懂，即使他是多麼細膩的文人。這不是一場比賽，不在於對抗時間、疲憊、病痛、失眠、食欲不振，以及日漸虛弱又力不從心，比較是朝不可能的盡善盡美前進，盡可能走得愈遠愈好；作品這頭利維坦（Léviathan）[24]海怪，愈來愈茁壯，為了生存，愈加吞食那用自己肺腑餵養牠的人。您還記得嗎？塞萊絲特，偉大的昆蟲學家尚—亨利・法布爾怎麼形容雌性泥蜂？當初我曾跟您熱烈討論過。這種蜂寄生在毛毛蟲體內，產卵之前，會用尾針刺進毛蟲神經系統的淋巴結中，麻痺牠，不殺死牠，好讓未來孵化的幼蟲吃得到鮮肉。

—說得好極了，先生，這些非常噁心。不過我知道，那隻泥蜂就是您，而那隻被牠麻痺的毛蟲也是您。長久以來，您已患上不治之症，無法動彈，被判餵養「幼蟲」——您自己生產的「文字幼蟲」。

—在我死後，塞萊絲特，甚至在您死後，願您的那天來得愈晚愈好，將會有許多批評家、評論家，拿我的作品大做文章。有些人懷著慈悲，或熱忱，或十分中肯，或滿是學究臭氣。但終將是您，塞萊絲特，唯有您，對我的了解最正確。

—噢，先生，請允許我回廚房去，以免讓您看見我臉紅。

六月十二日，普魯斯特參加了軒尼詩夫人再次舉辦的一場盛宴，地點在她的豪宅，位於飛桑德里街（rue de la Faisanderie）八十五號。人家事前向他預告了，這場晚宴並不「別出心裁」，倒是「龍蛇雜處」。龍蛇雜處，事實上果真如此。一名女高音唱起一段古諾（Gounod）的《羅密歐與茱麗葉》：「該走了，又何奈！該離開我的臂彎。」如寒風一般冷冰冰的波利尼亞克公主、美國大使、泰芮絲・繆拉公主[25]（princesse Thérèse Murat）、居斯塔夫・史崙貝格[26]（Gustave

---

24「利維坦」一詞在希伯來語中有著「扭曲」、「漩渦」的含義，中文譯本譯為海怪，是《希伯來聖經》的一種怪物，形象原型可能來自鯨及鱷魚。

25 Princesse Thérèse Murat（一九〇三至二〇一一年），Consuelo Vanderbilt Earl，Prince Charles Murat之妻，第九任馬博羅公爵前妻Consuelo Vanderbilt之姪女。

26 Gustave Schlumberger（一八四四至一九二九年），法國史學家，拜占庭歷史專家。在德雷福斯事件中積極反猶太，與普魯斯特交惡。

Schlumberger）、波尼・德・卡斯拉納[27]（Boni de Castellane）、吉什伯爵、泰瑞莎・德・伊尼斯戴爾、阿莫里・德・拉・比塔海勒—菲澤恩薩克公爵夫人（comtesse Amaury de la Bitarelle-Fezensac）。也就是滿滿的維爾迪蘭和夏呂斯（Charlus）[28]。比起「沒有人情味」的知識分子，普魯斯特寧願和這群「可玩味」的人們在一起。多位賓客圍繞在他身邊，跟他討論他的書，他們或自己讀過，或聽別人提起過。普魯斯特心想，即使疲憊、高燒，這一趟總算沒有白來。而且他可以順道觀察小說家馬塞爾・普雷沃斯[29]（Marcel Prévost）如何耍心機。這位作家湊近「普魯斯特圈」，然後孤注一擲般出聲喊他：「日安，普魯斯特先生。」而他口中的普魯斯特，正沉醉於採集讚美的收穫，一句話也不願意漏掉，因而忽視這名不速之客，佯裝沒聽見。於是，另一位馬塞爾，如果您喜歡更好聽的稱呼，那位法蘭西院士馬塞爾，下定決心直接來到普魯斯特身後，提高聲量大喊：「親愛的普魯斯特先生，您想像一下……」這時，普魯斯特才微微轉身。他不想顯得失禮，又不想太過頭，以免像個奴才走狗，但不這麼做也不行了……因為另一人接下去說：「是這樣，就在前幾天，有人把您跟我搞混了，我還經常收到其實是寫給您的信……」於是普魯斯特整個轉過身來：「是的，先生，我們的姓名縮寫一樣，但頂多也就是這樣罷了。」

回家後，高燒不退。隔天，他對塞萊絲特描述晚宴的狀況，以及一名冒失的法蘭西院士，恬不知恥打斷他聽取慕名者的讚美。他希望我們互相更熟識，塞萊絲特，因為我們兩人的名字有一點相近，愚鈍的郵差偶爾會弄混。但是我，塞萊絲特，我不寫那種從一個車站到另一個車站就讀完的小說！況且這個冒失鬼曾經針對《斯萬》寫過一篇苛刻的文章，他以為我忘記了！我敢發誓，塞萊絲特，人們總是見異思遷，現在我稍微贏得一點成功，好了，他就來抱我的大腿！

——您對車站究竟有何不滿，先生？

---

27 Boni de Castellane（一八六七至一九三二年），法國貴族，知名貴公子。
28 皆是《追憶似水年華》裡的人物。
29 Marcel Prévost（一八六二至一九四一年），法國小說家、劇作家、法蘭西學院院士。擅長以男性沙文眼光書寫女性題材。

——車站裡沒有一個地方合我的意，塞萊絲特。到處吹著穿堂風，對我來說是致命傷害。

普魯斯特試著起身，但步履蹣跚。比茲醫師診斷出他的尿毒症又復發，但他自認為是因為請塞萊絲特在壁爐裡生火，煙囪龜裂，純粹缺氧窒息的緣故，造成他暈眩，踉蹌難行。很顯然的，他必須透透氣，就像他偶爾會做的，清晨四點鐘左右出門，不再吸這些毒氣，塞萊絲特也好順便徹底把房間整理乾淨。不過，首先就必須慢慢走到電梯去，而這正是他做不到的事，在暈眩下，他每一步都差點跌倒。

紀德來看他，為他最近寫給加斯東·伽利瑪的信責備他。信中，普魯斯特抱怨，某份美國日報刊出一篇文章，揭露新法蘭西評論最初拒絕出版他的《斯萬》，這口氣，他如何也嚥不下去，永遠都會記得他們看輕他，把他當一個社交名流，明明他早已洗手不幹。紀德覺得普魯斯特這樣太忘恩負義了，有失公允，畢竟，新法蘭西評論事後已大幅彌補，痛改前非，從今以後都會是他永遠的出版社。

他繼續修改《女囚》與《阿爾貝蒂娜不知去向》（原標題《女逃亡者》），增加，增加，再增加。

加斯東．伽利瑪提供他一個機會：服裝設計師兼收藏家賈克．杜塞（Jacques Doucet）有意買下他的手稿及校訂樣版。這樁買賣最後沒能成功，因為普魯斯特開價太高，而且這位杜塞打算死後將所有收藏捐贈給公家機構，普魯斯特想像著日後，學者、好奇者都可以任意前來查閱、比對他的手稿，將他的工作方式定型，甚至宣稱從中發現了他的思緒演進，他無法忍受這樣的「身後冒犯」。理由？那是我的作品，塞萊絲特，僅僅因為那是我的作品，我作品中的字，我親自寫下的字，精心挑選、去蕪存菁的用字。憑什麼他們可以去翻我的垃圾，扮演審查者、搜查者？我倒是想問問您呀，塞萊絲特。

一天晚上，保羅．莫杭來訪，停留許久。啊！這個傢伙，他很愛我，塞萊絲特。他真的很愛我。

普魯斯特為幾位認真、專心聽講的學生上法國歷史課。塞萊絲特，歐迪隆，瑪麗．吉內斯特，伊凡娜．阿爾巴瑞，簡言之，就是他的孩子們。（人們的確無法想像他會有別的面貌，萬萬想不出他扮演父親角色的樣子，但那又怎麼樣！）維欽托利（Vercingétorix）在阿萊西亞（Alésia）繳械；長鬍子克洛維斯（Clovis）平步青雲，被拱上榮位，受封為法蘭克族的國王；查理曼曾撫摸一個金髮男孩的頭；聖女貞德穿著盔甲進入奧爾良城；布永的戈弗雷（Godefroy de Bouillon）；無畏無懼的騎士巴雅爾（chevalier Bayard）；路易十一和他的鐵籠；在橡樹下宣揚司法正義的聖路易，在十字軍東征途中去世；法蘭西一世以及香波堡的雙螺旋梯，投石黨之亂（la Fronde）和那期間的對立決鬥……

呂西安．都德最後一次登門拜訪，為了在離開巴黎之前跟他說再見。他非常悲傷，覺得好友較平時更蒼白，黑眼圈擴大，氣色看起來和中國墨汁一樣黑。他想把他的馬塞爾擁入懷中。我們認識多久了，我親愛的小馬塞爾？幾乎三十年了，不是嗎？但普魯斯特推開他，他沒刮鬍子也沒梳洗，氣味一定很難聞。呂西安執起他的左手親吻了一下。他動身離開，又回過頭來，普魯斯特深深凝望著他，彷佛最後一次相見。也的確是最後一次。

普魯斯特被保羅・布拉許（Paul Brach）[30]和艾德蒙・賈魯[31]（Edmond Jaloux）拉去屋頂上的牛[32]（Bœuf sur le toit），一間由考克多推動的時尚酒吧。莫杭本來也該過來，卻放了他們鴿子。九點一刻，來接普魯斯特的是賈魯。塞萊絲特替他繫上了領帶，應他要求，為他帶上一壺花茶，雖然以他的講究來說還不夠熱。到了屋頂牛，賈魯必須先離開，因為晚上另有一個聚會在等他。所以他才會穿得那麼正式。離去之前，他向普魯斯特證實，孟德斯鳩的回憶錄《拭去的足跡》（*Les*

30 Paul Brach（一八九三至一九三九年），法國詩人，小說家，普魯斯特友人，在馬塞爾去世後，與羅貝爾出版普魯斯特的書信集。

31 Edmond Jaloux（一八七八至一九四九年），法國作家，文學評論家。

32 Bœuf sur le toit，知名巴黎表演場地。一九二一年初，法國六人團音樂家米堯（Darius Mihaud）在與考克多合作爵士芭蕾舞劇《屋頂上的牛》（又名《無所事事酒吧》〔*The nothing-doing bar*〕）之後，原蓋亞酒吧（la Gaya）老板路易・莫伊茲（Louis Moyse）另外開設同名酒館，延續舞劇精神。在兩次大戰期間，是藝文界名人、超現實主義和達達主義知識分子經常出入聚會的場所，並以爵士樂演出聞名。

Pas effacés）即將在他擔任文學總編的格拉榭出版社出版，而且他，賈魯，可說是付印之前第一個讀過手稿的人。請普魯斯特放心，賈魯會刪除可能不利於他的段落。他真可放心了。然而，直到死去之前，孟德斯鳩對他始終親切友善。不過誰知道呢？他那麼毒舌，說刻薄都不為過；有人說他生前一直為不得志所苦，不受重視，而萬一他，普魯斯特，假如在這本書問世之前去世，就再也無法親自解釋、回答、糾正，再三地說：不，夏呂斯不是孟德斯鳩，而是其他許多人的綜合體。所以，對，還是刪除吧……

這時，布拉許的朋友們到了，個個醉醺醺，其中包括馬雷希—梅倫公爵（comte de Maleissey-Melun）。他們跟其他客人吵了起來，辱罵人家是「皮條客」和「娘炮」。酒館經理兼老板本人，路易．莫伊茲（Louis Moyse）也加入紛爭。莫伊茲那個傢伙，塞萊絲特，在我看來，似乎做了一些不怎麼合法的勾當。

——依我看，今天晚上，先生可真是興致高昂。

——當然，塞萊絲特，這有什麼好驚訝的？

一個喝醉酒的年輕人，對著未脫下毛皮和大禮帽的普魯斯特大發脾氣，故意挑釁，更糟的是，還攻擊了雷昂—保羅．法格的女伴：「滾出去，喂，老鴇一個！」普魯斯特，十足的紳士，下戰帖跟他單挑。他們互相留下姓名和住址。年輕人名叫賈克．德加多（Jacques Delgado），住在葛洛茲街（rue Greuze）。一回到阿默蘭街後，普魯斯特匆忙寫了一紙短箋，要歐迪隆立刻送去給對方。他提議持劍決鬥，簡單乾脆。歐迪隆帶回答覆。不料，這位德加多先生謙卑地道歉，宣稱當時不勝酒力。普魯斯特又送去一封短箋，也同樣致歉。事情就這麼解決了。可惜沒能打鬥一場，否則那或許會是他頑強人生的最後一次奮力。法格後來說，那個酗酒的小白臉事後沒多久就死了，算他走運。

六月底，普魯斯特前往瑪格麗特．軒尼詩．德．芒公爵夫人舉辦的晚宴，在那裡，他最後一次遇見舊愛，珍娜．普格[33]（Jeanne Pouquet）。在瑪麗．貝納達

33 Jeanne Pouquet（一八七四至一九六二年），劇作家阿蒙．德．卡亞維之妻。夫妻皆為普魯斯特的多年友人。珍娜是《追憶似水年華》中希爾貝特的靈感原型。

基[34]（Marie Benardaky）之後，他年輕時的第二個熱戀。當年熱烈追求的他，扮演著殷勤的騎士，侍候一群總是口渴的網球女孩，她們總派他去街角的酒水鋪買清涼飲料。有時候，珍娜高高坐在椅子上，擺出公主的姿態，而他，單腳跪地，腋下夾著網球拍假裝吉他，為她彈奏小夜曲，不得不承認很可笑。馬塞爾喜歡看她奔跑，金黃色的辮子隨風飛揚……後來珍娜嫁給了她該嫁的人，阿蒙·德·卡亞維[35]（Armand de Caillavet），馬塞爾非常要好的朋友。在德·芒公爵夫人府上，一九二二年的春末，珍娜已成了寡婦。晚宴結束，曲終人散，普魯斯特請她稍微再待一會兒。

—留下來做什麼呢，馬塞爾？

—噢，不做什麼，珍娜，只是聊聊天，談談往事，追憶逝去的那些親愛的人，我們當初的感情，格蘭大飯店（Grand Hôtel）前方，卡堡（Cabourg）海岸的退潮，還有飯店的旋轉門，把所有的一切都捲走了，不是嗎，珍娜，就像一股漩渦，像……我很難過，珍娜。我們這是最後一次相見了。真的，是真的，不要反駁，我向您保證……現在，他是否可以送她回家，就用他的包租車？當然不行，珍娜推拒這個荒唐的提議。他們下次還會再見的，就這麼簡單。她改天再找個晚上去他家看他。

—您辦不到的，珍娜，請別因為我斷然拒絕而惱怒，我有一項工作急著完成，非常緊急。雖然您覺得我的氣色很好，但其實我就快死了。假如您來看我，塞萊絲特會把實情告訴您，但我勸您別來，不贊成您來，那會令我難受，而您並不想讓我難受，不是嗎？我的小珍娜，我曾經那麼地愛著您，在網球場上為了接球而奔跑時，那隨風飛揚的金黃色辮子。

34 Marie de Benardaky（一八七四至一九四九年），俄裔上流社交界名媛，普魯斯特少年時期的初戀。

35 Arman de Caillavet（一八六九至一九一五年），法國劇作家，普魯斯特好友，《追憶似水年華》聖盧的原型。其母雷歐婷・利普曼（Léontine Lippmann，即阿蒙・德・卡亞維夫人）是法國作家阿納托・法蘭西的情婦及靈感女神，《追憶似水年華》人物維爾迪蘭夫人原型之一。

那幾天，在裝飾藝術博物館（musée des Arts décoratifs）有一場展覽「第二帝國時期的生活裝飾」。六月十日的《畫報》（*Illustration*）為這次展覽刊登了一篇雷安德・瓦亞[36]（Léandre Vaillat）內容充實的專文〈克里諾林裙架的時代〉（Au temps des crinolines），還搭配了一幅詹姆斯・帝梭[37]（James Tissot）的《一八六七年，皇家路陽台上的群英》（*Le balcon du Cercle de la rue Royale en 1867*）畫當插圖。若非好友保羅・布拉許機警，對著詹姆斯・帝梭的畫凝視好一陣子，一切本可能付諸軼事傳說。他從這些看似微不足道的人當中，認出兩、三個分量十足的人物來。其中有一位引起他的注意。雖然與其他十一名上流人士大致無異，而且距離他們稍微遠一些，位於門邊，四平八穩地站在一段矮階上，紅髮、鬍鬚細軟，羅曼蒂克的貴公子手杖掛在肩上，戴著一頂淺灰色的高禮帽。那是夏爾勒・哈斯（Charles Haas）。也就是後來永垂不朽的夏爾勒・斯萬，普魯斯特創造出來的人物。他剪下這張印在報上的畫，寄給馬塞爾。普魯斯特並非不知道瑪森廳（pavillon de Marsan）這場展覽，一個月以前，呂西安・都德就曾跟他提起；當時談到了杜勞侯爵，也是畫中人物之一，接替他的母親，阿爾馮斯·都德夫人入住大學路（rue de l'Université）四十一號，還有一位「過度善良」的艾德蒙·德·波利尼亞（Edmond de Polignac）。最後一點但也是極重要的一點，就是在那畫中，呂西安告訴他：「有一位很像斯萬的哈斯先生。」看著帝梭這幅畫，馬塞爾感動不已。他不斷請塞萊絲特一次次把剪報拿來給他。這些人物不僅對應了一些他過去認識的人，也反映出他的書，他書中的主角斯萬，各種上流社交圈的成員，多少享有名望，苦戀奧黛特的愛慕者，希爾貝特的父親。但，一九二二年那個夏天，他去世前的三個月，或許是重病，死亡逼近的昏天暗地，身體極度疲勞之故，普魯斯特混淆了真實人物和虛構人物，哈斯和斯萬，畫中人與書中人。書中，他想呈現的正是詹姆斯·帝梭畫作中的人物，但無法以哈斯這個真名稱呼，以免人家會誤

36 Léandre Vaillat（一八七八至一九五二年），法國散文作家，小說家，舞劇，藝術評論家。

37 James Tissot（一八三六至一九〇二年），法國畫家，畫作深受英國維多利亞貴族圈喜愛。晚年作畫鑽研聖經題材。

解，於是他將他取名為斯萬，其實這也相當令人困惑，因為大家都不知道，帝梭在《一八六七年，皇家路群英》這幅畫中，竟已納入一位普魯斯特筆下的角色，而當時那號人物甚至尚未誕生（那是〈斯萬之愛〉的背景時代）！

當天晚上，他跟塞萊絲特要了掉在床鋪下的鋼筆，從竹桌上抓了一張已擱置很久的「紙捲」，在《女囚》的某頁上增添文字，對斯萬說：

然而，親愛的夏爾勒．斯萬……在帝梭那幅呈現皇家路陽台上的群英之畫作中，您躋身佳利飛（Galliffet），艾德蒙．德．波利尼亞，以及聖莫里斯（Sain-Maurice）之列，若人們對您議論紛紛，那是因為，他們看出斯萬這個角色有您幾分特質……

有兩個小地方看起來可能很奇怪，恰可為普魯斯特加倍高漲的情緒與極度疲憊的身體做出解釋。首先，在斯萬這個角色中，有幾分您，斯萬，的特質。普魯斯特想說的一定是：在斯萬這個角色中，有幾分您，哈斯，的特質。其次，人們對您議論紛紛……哪裡？畫中？人們，指的是誰？畫中的誰對您議論紛紛？不，畫作不會說話。相反地，在一九二二年那個夏天，各公報中，是的，人們議論您，夏爾勒・哈斯，因為畫著您的那幅帝梭作品在瑪森廳已展出好幾個星期了。呂西安・都德和保羅・布拉許一前一後，回應了他們的這位朋友……

夏末（但對他而言，此刻，「夏天」意味著什麼？不過是「日」、「夜」二字），在房間裡，只要他試圖起身便會跌倒、暈眩、胸悶、氣喘頻頻。比茲醫師替他注射了一劑埃化敏[38]（évatmine）抗氣喘，另開立可樂果[39]（kola）刺激心臟及肌肉，並囑咐他多休息。這下可好了，他的書距離完成還很遠，偏偏他又持續發燒，咳

38 Evatmine，一種混合腎上腺素與腦下垂體的氣喘藥，現已消失不用。

39 Kola，可樂果曾是製造可樂的原料之一，可以治療百日咳及哮喘，有興奮劑及欣快劑的作用，令中央神經系統及心臟興奮。但是含有大量致癌的亞硝基化合物。

嗽個不停。比茲醫師再度前來，分析結果顯示是受到肺炎鏈球菌感染。比茲通知了羅貝爾．普魯斯特醫師。

普魯斯特停止進食，一直躺在床上，醒來時總是全身濕透。他請塞萊絲特替他送來更換的衣物，毛巾、貼身羊毛內褲、開襟睡衣，大量毛織品。掀脫之時，他著涼了，禍不單行，甚至還落枕扭了脖子。

雅克．波黑爾從來不缺好主意，他想讓普魯斯特跟位於塞納—馬恩省的蓋爾芒特城堡新主人，本名布朗雪．德．墨佩烏（Blanche de Maupeou）的莫里斯．霍廷格[40]（Maurice Hottinguer）夫人見面。夫人也希望認識《蓋爾芒特那邊》的作者。這一切真迷人。可以的話，普魯斯特也想詢問「蓋爾芒特」這個姓氏的真正由來，這個家族總為他帶來好運氣。曾經，有位書迷（後來變成他的好友）華特．貝瑞（Walter Berry）寄來一本書，在貝蘭書店（librairie Belin）找到的，書上有蓋爾芒特家族的徽章。不過，真的要見面嗎？唉，可惜，以他現在的狀態，完全不可能。他按鈴召喚塞萊絲特。塞萊絲特，請拿一本《斯萬家那邊》給我。就是這樣，請翻到我提及被城堡中的蓋爾芒特夫人引發遐想那一頁。您知道的：「在往蓋爾芒特散步的路上，從來……」請坐進沙發，把這段唸給我聽，最下方那幾行，開頭是「我們也從來……」

我們也從來無法前進到我那麼希望抵達的終點，蓋爾芒特。我知道那裡住著城堡主人，蓋爾芒特公爵與公爵夫人，我知道他們是真實人物，而且現今仍存在，但每一次想到他們，浮現在我腦中的，有時是壁毯裡的人物……

繼續，繼續……

40 Maurice Hottinguer（一八七二至一九六九年），來自蘇黎世的古老銀行世家，參與開創法國銀行的計劃，獲封男爵。他買下並重整幾近廢墟的蓋爾芒特城堡。值得注意的是，普魯斯特只在小說中借用蓋爾芒特這個地名，卻從未提及實體的城堡。

……有時完全無法觸及，宛如蓋爾芒特家族的祖先吉妮薇耶芙·德·布拉邦（Geneviève de Brabant）的影像，由幻燈片一張張投映在我房間的簾幕上，或高高地打在天花板上……

再繼續……

……始終籠罩在墨洛溫王朝時期的神秘感中，並且彷彿沐浴在夕陽之下似地，浸淫於「芒特」這個音節所散發出的橙色亮光裡。

再繼續下一段，開頭是「而且有時候……」

……而且有時候，在蓋爾芒特那邊……

再繼續：「我夢想……」

……我夢想蓋爾芒特夫人忽然心血來潮，瘋狂迷戀上我，要我過去……

再往下幾個句子……

她要我告訴她我有意編寫的詩篇主題。這些癡夢提醒著我，既然以後想當作家，現在就該知道自己打算寫些什麼……

好了，停在這兒，塞萊絲特。謝謝您。我想再考慮、確認的部分，就是這裡。蓋爾芒特家族、蓋爾芒特這個姓氏，以及與我渴望當作家之間的關聯……很可惜，無論如何，我沒辦法與那位活生生的城堡女主人見上一面，去她位於塞納—馬恩省那座真正的城堡，雖然它離貢布雷頗遠。而且，塞萊絲特，透過這次會見，說不定我將重新展開人生，我的人生和我的書，充實飽滿。那是許久以前的事了，當時我剛開始寫《斯萬家那邊》，並夢想有一天成為作家。一如當初的渴望，我想認識這位像蓋爾芒特城堡女主人的人，把那些篇章給她看，我的靈感就來自她的姓氏，雖然她本人並不知道。

—但是先生，您已經成功了，已經是了，成為作家了，您不能否認這件事。您已經克服了病痛，疲憊，疑慮，還有對於往日難以承受的遺忘。往日時光其實一直在我們心底，在一個到不了的地方，正如您妙筆生輝所呈現出來的那樣。況且，在您寫《斯萬家那邊》的時候，您早已經是作家了。

—這倒是真的，塞萊絲特，您又一次說得非常有道理。您這冰雪聰明的優點是從哪兒來的？難道是您從洛澤省老家帶來的？像一副隨身錦囊？還是一項祖先某位德魯伊賢者[41]（druide）傳給您的古老才能？

九月初，普魯斯特再次修改已經全部重新打好文字的《女囚》。《新法蘭西評論》在前一期的文章中，把他和愛因斯坦相提並論。這令他很感動，甚至，我們可以直說，他覺得這樣十分恰當。他把這件事告訴了身邊所有人，最先是她的姪女蘇西和蘇佐公主。告訴蘇西，因為她算是他的後代（而較明確又迂迴的動機是，引起他弟弟的注意。他偶爾懷疑弟弟不相信他）；告訴公主則是為了樹立聲望。假如我在書完成之前死去，塞萊絲特，那可就麻煩了。愛因斯坦，您想想，他可不是無名小卒！而英國人跟我索求我騎在馬上打馬球的照片，純粹是因為我剛好是巴黎馬球俱樂部的成員。多麼離譜！塞萊絲特！您知道，我離人群愈來愈遠，他們對我而言已沒那麼重要。最近我把這種感覺告訴一位朋友，我說我們掛念別人，卻又是容易遺忘……很悲哀，不是嗎？我已經不那麼常把「把您淹死在去他的臭海裡」這句話掛在嘴邊了。

——先生從來沒這麼說過，至少在我面前沒有。真這麼說，就太令我驚訝了，

41 Druide，凱爾特神話中能與眾神對話的賢者。

那不是他這些日子以來常說的語言。也許有可能發生在某個特定時刻，例如普魯斯特先生胡亂服用了藥物，把醫生開立的各種劑量搞混了。

胸悶的狀況愈來愈頻繁，是因為龜裂的煙囪釋放了一氧化碳吧。他應該出門，出去透透氣。請蘇佐公主共進晚餐？但他怕自己甚至走不到電梯口。胸悶、暈眩，總之，死亡如浪潮湧來，是夜晚，大飯店前方，巴爾貝克的海水。死去之前，為了《女囚》，他用腎上腺素和咖啡因以保持清醒。完全無視勸戒他休息的比茲醫師深深抱憾。

羅貝爾．普魯斯特結束假期回到巴黎，過來看他，帶來沿途發現的一項新警訊，凡他經過的所有車站，都看得見新法蘭西評論旗下某位作者的書，而這位作家的名字連聽都沒聽過，獨獨就是沒看見他的書。從來沒看見，一次也沒有，你懂我的意思，我親愛的小馬塞爾，所有車站，一次也沒看見。而且我不是沒去打聽，相信我！普魯斯特，普魯斯特，我問過所有人，甚至教蘇西和瑪特（Marthe）怎麼去詢問，普魯斯特，普魯斯特。但就是什麼也沒有，哪裡都找不到普魯斯特，整個車站，唯有我們這幾個普魯斯特！啊！你可以四處去吹噓！說自己的出版商不怎麼需要費心替你的書打廣告！但還沒完呢，羅貝爾看見了，親眼看見不少新法蘭西評論的出版品廣告，上頭寫著「適合旅途隨身攜帶」，而同樣的詞用在這位可憐的馬塞爾的書上了嗎？完全沒有，沒有一句提到。「這正是證據，」羅貝爾這麼說，「證明他的出版商可真不把他的作品當一回事……」這完全出於一片真心誠意。他很清楚，這會讓哥哥非常振奮，會幫助他活下去，找回進食的胃口，接受治療，偶爾出個門，對生命露出微笑！他後來以此寫了信給加斯東．伽利瑪先生，抱怨、指責，極盡威脅之能事，伽利瑪先生則回應說，他的書，像他那樣的書，不是寫來放在車站賣的，他的作品值得更好的對待。您值得更好的，我親愛的馬塞爾！所以別自貶身價，要懂得區別火車站出身跟文學界出身的人！好了，我親愛的馬塞爾，別連您也這樣！振作起來，天殺的！別把隨便一條抹布，拿來和特別繡上您姓名縮寫的珍貴帕巾相比！況且，您等著吧！二十年後，五十年後，我在說什麼，一個世紀以後，那時您和我都不在了，書店裡還會展示誰的書？誰會成為瑟里西拉薩爾[42]（Cerisy-la-Salle）學術研討會的主題？此外，還是法蘭西學院（Collège de France）的一門課？是今天在各大車站內大量曝光的某某某？或者馬塞爾．普魯斯特？

—您說得對，我親愛的加斯東，其實我們的想法一致。

—很好，告訴您那位醫生弟弟，讓他專心照料病人和他的學生，書的事就交給相關專業人士……就像我，我會去插手醫療的事情嗎?!

一天晚上，普魯斯特把這一切講給塞萊絲特聽。您覺得有趣嗎，塞萊絲特？那麼請坐下，我們兩個聊一聊。

—凡是跟先生有關的事，我都感興趣，先生。

—那好，您對這整件事有什麼看法？因為我知道，您對每件事都有自己的意見，無論有沒有根據，總有一份堅定的意見。因此，塞萊絲特，若能讓我知道您對這件事的意見，我會很高興。

—那麼，好，先生，既然您想知道，我就說出我心底最深處的想法。拿自己去跟別人比較，不就等於自我貶低身價嗎？我呢，我覺得，如果一個人對自己所做的事有自信，就不會去在意別人，也不會去跟別人較量。人是為自己而存在，要靠自己存在，別人的事與我們幾乎不相干。不必把他們當成競爭者。特別是那些泛泛之輩。拿自己和泛泛之輩相比，先生，這根本是庸人自擾……我該繼續說下去嗎？先生？

—繼續，塞萊絲特，請繼續，您刻薄的言辭對我來說彷彿撫慰的膏藥，您讓我大開眼界。

—好吧，比方說，您的某位同業享有高知名度，在各車站、公路休息站、港口碼頭、鐵路火車站？路旁的書報攤？巴爾貝克海灘的帳篷下？看似他的出版商更重視他，對他更禮遇？先生，承您體恤，我就斗膽直言：但是，高喊不公平不也等同在矮化自己嗎？

---

42 Cerisy-la-Salle，是法國芒什省的一個市鎮，在其城堡內的國際文化中心（CCIC）每年六到九月舉辦各領域的研討會，包括二〇一二年的「斯萬一百週年」。

—那麼，塞萊絲特，對於伽利瑪先生辯稱他對我抱持高度敬重，您有什麼看法？您認為他是真心的嗎？

—他預言您的名字會流傳後世，而非那位今日看似贏得成功的作者，先生，我認為他是真心的。

—您看看您，塞萊絲特，您知道我一直讚歎您的智慧，但是現在，坦白說，您讓我目瞪口呆……您對我說的話，甚至，促使我深入思考。也許，除了能與自己匹敵的對手以外，有天分的人不會拿自己跟別人比較。他需要戰勝的是自己，自己的懶惰，對自己實際的智力和創作出獨特作品的能力之懷疑，需要克服「那又有什麼用」的念頭……但是，對我而言，還有一個問題尚未解決，塞萊絲特，那就是名留後世的問題，讓自己的姓名流傳後世……我在書裡談論過這件事，正好，是關於斯萬。斯萬這個姓氏、哈斯這個姓氏，還有尤采斯，都僅僅比一般中產階級的姓氏流傳久一點，且還是因沾了爵位之光……

—您的結論是什麼，先生？

—我的結論很悲觀，您應該不會意外。一般人的姓氏有如曇花一現，王公貴族的姓氏雖得以保留，但無助於後世對他個人的記憶，所以，即使我的姓名會比其他人留存得久一點，但無論是誰最後都終將遭遇沒沒無名之境，在地球冷卻如燃盡的蠟燭之前，或許，我能得到一次緩期的機會……從命運的角度來看，塞萊絲特，此時此地，我們小小的悲劇，顯得多麼可笑。就連我們汲汲營營的事業，儘管登峰造極，也一樣；更別說那些幸或不幸的愛情、我們的夢想，追求幸福或榮耀的夢想；還有，此刻您替我端來的熱騰騰花草茶。但我想我一定讓您十分疲累了吧，塞萊絲特，要您聽我說這些小故事。恐怕您也不需要再忍受多久了。不過，在那之前，塞萊絲特，我有個問題，這個話題，您和我，我們以前不是談過了嗎？

—很有可能，先生，的確可能。

—您懂的，塞萊絲特，都是這些藥，害我一再顛三倒四反反覆覆，一下停在在斯萬家那邊，一下停在蓋爾芒特那邊。今晚，再次與您對談，談斯萬的姓氏，談一般的姓氏，還有我的姓氏，命定的榮耀，命定的死亡；或許榮耀後必得死亡，正如泰蒂絲（Thétis）對她兒子飛毛腿阿基里斯的預言，「他為榮耀所付出的代價，將永遠是迫在眉睫的早逝……」關於這種感受，我似曾相識，塞萊絲特……我的遠房表親柏格森曾告訴我，根據一位維也納名醫的說法，這感受源自於見過自己母親的身體，顯然每個人都看過，甚至不僅僅看過而已，不是嗎？塞萊絲特，每個嬰兒，即使一生下來就交付某個健壯的乳娘，他應該還是看過自己母親的身體，甚至不僅看過而已吧？您的看法如何，塞萊絲特？

—我不知道，先生，這種想法很奇怪，這有點像，怎麼說，拜占庭式的想法……

—您本來想說猶太式的想法，對吧，塞萊絲特？

—一點也不，先生，正好相反。您美妙的言論，我的心怎麼也聽不膩……

—這話簡直像一首歌，塞萊絲特，您是位仙女。歐迪隆真有福氣。不過我想我更有福氣，有您這樣陪在身邊，宛如從前，我的媽媽。

氣喘，暈眩，頻頻發作。無法工作。比茲醫師投以皮下注射腎上腺素及腦垂腺萃取激素（hypophysaire，請去查拉魯斯字典〔Larousse〕，塞萊絲特，麻煩您）。不睡，不吃，呼吸困難。一唸幾句讓塞萊絲特聽寫就咳嗽不已。不停想著法布爾的泥蜂。讓我們看看，那是在哪個段落？在《斯萬家那邊》，找到了。他請塞萊絲特把已經出版的幾部搬來給他，顫抖的輕輕撫摸它們。從此以後，只有這些才算數，所以以下這句話，他也只能寫給加斯東．伽利瑪，畢竟因為有他，這些書才會存在；他自喻為泥蜂：「像它一樣蜷縮成團，一無所有，我別無他念，只想透過才情性靈，將我所得不到的普世流傳，賦予這些書。」他要求一杯花草茶；但是請注意，塞萊絲特，要比上一杯更熱騰騰；還要再幾件羊毛衣，幾滴芳鄰餐廳[43]（chez Voisin）的波特美酒（porto），如同波利尼亞克公爵所說的，那嘗起來跟牛奶差不多的酒；然後是麗池酒店的桃子和杏桃，請歐迪隆立刻出發去拿。

43 Restaurent Voisin，十九世紀末位於巴黎聖多諾黑街的知名餐廳，曾於一八七〇年的聖誕夜，普魯士軍包圍巴黎的饑荒時期，宰殺一座動物園中的大象、駱駝、袋鼠等動物，推出動物園套餐。

我跟您說過要一杯花草茶了嗎，塞萊絲特？好吧，算了，我前後想了想，這一次就不喝了。

十月初，一個霧濛濛的夜晚，他前往杜侯克大道（boulevard Duroc）艾提安．德．波蒙夫婦家赴宴。他受了風寒，一如事前所料。發燒，胸悶，可能伴隨支氣管炎，或肺炎。回家後，他合衣躺下，倒在客廳的棕栗色長沙發上，連胸襯都沒拆，甚至仍戴著帽子和手套。他凍僵了，全身顫抖。死神追來了，塞萊絲特。我沒時間寄出手稿了，而伽利瑪先生還在等，急得心煩氣躁。死神追上我了，可是我尚未完成。普魯斯特不說「我完結不了，塞萊絲特」，而是說「我尚未完成」。完結，很簡單，可試，可行；完成，則是另一回事，全然是另一回事，無法相提並論，因為那是永無止境，沒有終點，永遠不會有終點，即便您像我現在一樣，一腳已踏進棺材。無論截止日期在何時，它也沒有完成的一天，永遠不會完成。

—那麼，先生，與其延續下去，您為什麼不完結它？

塞萊絲特似乎領悟到了，但僅僅在邊緣。重點不在完結，塞萊絲特，完結很容易，寫下「完」這個字很容易，但稍微換掉另一個字，完成，則不然。事情永遠不會有完成。只有死神，祂，某一天介入，終結那件本來會繼續增衍的作品。要是能永生就好了，塞萊絲特。不為了逃避死亡，而是為了讓作品繼續下去、接續下去，永遠未完成。為了讓作品再成長，再發展，格外巨大，達到前所未有，怪物級的分量，讓它永遠在山的向陽坡，山陽，是這麼說的，對吧？塞萊絲特，我記得，您可是來自一個多山的地區吧？對，山陽，指的就是那個地方，好的這一側，活著的這一側；另一面，山陰，等您死後再去吧，那時早已不重要了。

您的作品或許會活得比您久，雖然您這個人早已不在。而這是件美妙的事。它們活得比您久，代表著您，您的名字因而永垂不朽……

—先生，請恕我直言。您以前不是這樣說的，您總喜歡以大教堂為例……的確，興建階段有一大段時期令人興奮激動（排除掉造成無數死亡這件事實的話），但除了那段時間，長久以來，人們來此沉思、冥想，這些時間不也一樣是教堂的生命？歷經幾個世紀，建造工匠早已不在，人們甚至連他們的名字都不知道，然而作品還在那裡，依然顫動著，呼吸著，活著！

—去睡吧，塞萊絲特，今天您讓我精疲力竭。而我還有工作，有一項非常緊急的工作要完結，要阻止它完結，永遠不讓它完結。

直到早上，普魯斯特都在琢磨《阿爾貝蒂娜不知去向》。隔天，比茲醫師被叫到家裡。醫師勸戒他進食，但病人只喝得下麗池的冰鎮啤酒。比茲派人去請羅貝爾・普魯斯特醫師，他當晚趕到阿默蘭街。馬塞爾必須接受治療，比方說，搬去他認識的一間療養院，位於馬約門（porte Maillot）附近的皮契尼街（rue Piccini）。馬塞爾開始發脾氣，不肯再見羅貝爾，揚言羅貝爾再拿這件事煩他，他就從窗戶跳下去。你聽清楚了，我的小羅貝爾，我已經警告過你。想都別想，他絕不離開房間，也不要別的護士，只要塞萊絲特。只有她懂他。兩位醫生離開後，他命令塞萊絲特不准再召請和接待比茲醫師，還有他的弟弟，他的朋友們，誰都不准；您聽清楚了，塞萊絲特，我說了「誰都不准」。也不要再打針了，不要樟腦油，也不要其他任何療法。答應我，塞萊絲特，用您最神聖的物品發誓，對了，就用您頸子上的聖母鍊章。那不正是拉蓋聖母堂（Notre-Dame de Laghet）的聖母像嗎？是斯萬要我們美麗的奧黛特・德・克雷西發誓沒跟女人做過那檔事時，她所佩戴著的？不是嗎？不過，重要的是，塞萊絲特，壁爐裡別再生火了。讓我好好工作，這樣就夠了。讓我清靜就好。

然後，一天「早上」，意思是將近下午四點左右，普魯斯特按鈴了。只按了一次。塞萊絲特顧不得兩手空空，從小客廳趕到。她先是訝異，他竟然沒有用煙燻器，按照他的說法，是沒「吸煙」。他朝她轉過臉來，帶著微笑，道了聲日安。那是第一次，也是僅有的一次，他在喝咖啡之前跟她說話。昨夜裡發生了一件大事，塞萊絲特。我寫下「完」這個字了，塞萊絲特。現在，我可以死了。

—噢，先生，太好了，但我確定我們還有很多事要做，要訂正，要增添。我確定我們還要有很多小紙條貼成滿滿的一片。

—您真明理，塞萊絲特。這就是為什麼您對我來說如此珍貴。其他人打針刺穿我，而您，用純潔的精神為我刺破黑暗帶來光亮。沒錯，您說得對，我還不能死。您和我，我們的確還有不少工作。我們的工作尚未完成。我問您，一座大教堂可曾永遠完工？即使已經建造起來，難道不能再加以裝飾，添加這樣或那樣的東西，一條簷緣框飾，一面彩繪玻璃，一截雕刻柱頂，一座小禮拜堂，一隻滴水獸，一塊玫瑰花窗？

若就是肺炎鏈球菌感染，拜託雅克．希維耶爾或許不失為一個好辦法，因為他的兄弟也是醫生，可供諮詢這些問題。至少會說真話，他不認識普魯斯特，對他的狀況絲毫不會感興趣。

他出現腹瀉腸絞痛。儘管如此，他仍然請塞萊絲特為他製作一份水果泥。不要梨子，桃子比較好。請她順便帶小蘇打粉過來。他以短箋跟她交談，隨手抓過一張紙潦草寫下，或許是一封信的背面，或直接寫在信封上，並且簡化成命令，果泥裡不可有頭髮，塞萊絲特！耳塞先溫熱過再拿來給我。至於您，請使用果美油滴鼻劑（rhinogoménol），以免感冒了傳染給我，或者正好相反，應該是我，或更確切地，是歐迪隆傳染給您。還有，給我阿司匹靈，我發燒了，燒得不輕。我曉得，一定是您給我的衣服害我咳嗽，那些根本不夠暖，跟我要求的不一樣，而且散發一股刺鼻的味道，難聞極了，有損我的健康。您到底是怎麼摧殘它們的？這些貼身衣物？這樣一陣又一陣的嗆咳，我確信禍首一定是您，塞萊絲特，您不知不覺中從外面帶回了有害的瘴氣。再給我拿件毛毯，裹在很熱的熱水球外面。馬上給我醋，我要醋，馬上給我一湯匙醋，還有四季豆沙拉，立刻馬上。我會全部吐出來，不過還是端來給我，馬上。我上次喝的啤酒是哪一種？什麼牌子？去問您的丈夫。這股揮之不去的柴燒味是什麼？沒失火吧？快去廚房檢查。請把波爾多醫學院的馬克・希維耶爾醫師（Marc Rivière）的信唸給我聽。您說那是什麼？雙球菌？葡萄球菌？肺炎鏈球菌？是這個？他怎麼說？治得好嗎？幹得好！這些醫生都是一丘之貉，我弟弟、比茲、巴賓斯基，現在這個馬克・希維耶爾也加入同夥，他們串通好了，號稱要幫我解決麻煩，說服我相信，當我是一條破布，一針又一針地

主治醫生比茲醫師，還有我，只要我們提議一點解決辦法，即使有效又方便，好了，我們的小馬塞爾立刻發作，大家都知道他容易激動，那種一發不可收拾的極端脾氣，我們大家，唉，都習慣了……在可憐的母親撒手人寰後就這樣了，您想想……拜託您了，親愛的雷納多，憑他對您的高度信任，請說服他接受治療，趁現在還來得及。萬一放棄拚搏，任由病根發展，本來不危險也會變得危險。類似的狀況，我曾成功治好瑪麗・羅蘭珊[44]（Marie Laurencin），我想您也認識她吧……

十一月初，雅克・希維耶爾把自己向普魯斯特致敬的小說《艾美》（*Aimée*）寄給了他。但普魯斯特已經顧不得這件事了，是塞萊絲特自作主張，堅持以普魯斯特應該會要她做的那樣，以十分普魯斯特式的敬重態度和語氣，代為致謝：「馬塞爾・普魯斯特先生目前完全不省人事，因此尚未得知您已將大作寄給了他。若

44 Marie Laurencin（一八八三至一九五六年），法國畫家、版畫家，風格受立體派及野獸派影響，畫風獨特，展現溫柔的氛圍，是當時少數能與男性畫家平起平坐的女畫家。

他恢復過來，必然沒有任何事能阻絆他閱讀《艾美》這本書，他從以前就非常欣喜這部作品。」幾個拼字上的錯誤，讓塞萊絲特的「仿寫」普魯斯特，出神入化，甚至到了胡說八道的地步。普魯斯特以前怎麼可能讀過他今天才收到的書呢？不是這樣的，她其實想說的是：這本書，普魯斯特曾經很欣喜在不久後的某一天將能讀到……

幾天後的一晚，時刻已不早，希維耶爾偶然經過阿默蘭街，恰好接獲塞萊絲特通報，普魯斯特可以見客。希維耶爾應該拿到《女囚》決定版的手稿了，剛出爐的版本，以及《阿爾貝蒂娜》的最終增訂稿——普魯斯特希望在最新一期《新法蘭西評論》披露的決定版。希維耶爾坦承，普魯斯特給的稿子多了幾行字，且是在交稿後才增添的，要加在同一個地方，勢必會遭刪節，因為那一期雜誌已經編排好了，云云。普魯斯特聽了大發牢騷，他，希維耶爾，對他來說，多十行或少十行字，竟比一個人的性命、一個人的靈魂、一個人的痛苦、一個人的絕望更加重要……最後，他們達成默契。希維耶爾正準備離開，普魯斯特對他說：「替我道永別吧，給我親愛的加斯東、特隆須、紀德，還有波朗。」

—我不會忘記的。但是，親愛的馬塞爾，我確定，您還有很多機會再跟這一群愛您的人說話，大家起誓時都只以您之名。

—對，對，雅克，就像公爵夫人的紅鞋……

—抱歉您說什麼？

—噢，什麼也沒有，讓我靜一靜吧！

他按鈴召喚塞萊絲特。

*

這天，他去世的前一天，普魯斯特並不覺得身體特別難受。前些日子可完全不是這樣，差遠了，什麼都吃不下，氣悶，咳不出來。塞萊絲特給他熱牛奶，但他碰都沒碰，花草茶也一樣，僅僅沾了沾嘴唇。水果泥，馬鈴薯泥，一個加進所有愛心與體貼烘烤出來的派，結果全都一樣。只剩麗池的冰啤酒對他的味。夜裡，歐迪隆跑了幾十趟，深入凡登廣場（plave Vendôme）上的這家大酒店，直搗餐廳廚房。他知道哪裡找得到適合普魯斯特先生的飲料，何況那幾乎是他唯一吞得下肚的「食物」。

晚上，八、九點左右（但對他來說是早上，因為他跟平時一樣在下午醒來），他的弟弟前來探望。他不再端出醫師的架子，也放下醫學大教授的身段，馬塞爾恢復了平靜，甚至很高興見到他。這麼一來，他突然有了胃口，誰料得到？總之他自己是這麼猜想的。他按鈴叫來塞萊絲特，跟她點了一整條比目魚，要炸得金黃酥脆，要帶上檸檬，馬上端來。還要薯條。薯條！我想問問您這像話嗎？儼然以前媽媽還在身邊，他大病初癒的時光。羅貝爾起身要離開，馬塞爾又按鈴召喚塞萊絲特。這樣吧，塞萊絲特，比目魚不要了。好的，先生，不要比目魚，真是可惜。

話剛說完，有人敲門，塞萊絲特趕了過去。眼前的高大金髮年輕人，她從未見過，但說實話挺英俊的，如果他想私下跟她搭訕，就在玄關這兒，門裡門外之間，趁著屋內深處那個房間兩次按鈴之間，她也願意。他說他叫恩斯特・佛斯葛倫[1]（Ernest Forsgren），或類似的名字，他想見普魯斯特先生，那是當然。塞萊絲特

---

1 Ernest Forsgren，普魯斯特的瑞典隨從，曾出版傳記《The Memoirs of Ernest A. Forssgren: Proust's Swedish Valet》——追憶普魯斯特。

找來羅貝爾教授，他聽這位年輕人充滿喉音含混地說了好一會兒。他去了里維耶拉飯店（hôtel Riviera），但那天晚上，結果，他不在，而普魯斯特先生來了，白白等著他，從晚上十一點等到清晨三點，實在太令人遺憾，云云。羅貝爾．普魯斯特聽得惱火，把他趕了出去。他又不是只有這件事可忙，搞什麼鬼。

離開之前，羅貝爾．普魯斯特要哥哥保證，一定要塞萊絲特陪在身邊，夜以繼日，寸步不移。塞萊絲特送客到了門口，她為普魯斯特放棄吃比目魚之事，對羅貝爾．普魯斯特先生表達遺憾。但教授坦承是他勸哥哥打消念頭的，他評估，斷食了那麼多天，這一吃恐怕會造成不良影響。是嗎？但從什麼時候開始，斷食要用斷食來治了？

接近午夜時，普魯斯特按鈴叫塞萊絲特，請她待在他身邊。她在為少數訪客準備的一張沙發坐下。他有一些增添要她聽寫，貝戈特之死那個段落多了幾個句子，還有一些關於垂死之人「不可思議的輕率任性」，要求香檳、草莓，我哪裡知道還有什麼，就像懷孕的女人一樣，但他們面對的是另一種狀況，懷的是死亡；

其他一些關於阿爾貝蒂娜品嘗冰淇淋的事，或許會同歐迪隆替他從麗池送來的一樣，是特別的草莓和覆盆子口味。不過，這之前，他有幾件事得先安排。塞萊絲特，請您一字不漏地記下來。把瑪麗．雪科維契以前送的點煙器還給她，那是她的弟弟從前線歸來時，送給她的禮物。您得把它寄回去，塞萊絲特，並附上這句話，請記下來：「這樣的物品，親愛的瑪麗，您可以在我的書中找到，您知道嗎？」確實，在提到戰時流行的物品中，他寫到了「這些用兩枚英國銅幣組成的點煙器，經某位軍人在壕溝中久而久之把玩出一種美麗的古董色澤，以至於維多利亞女王的側面肖像，看起來宛如出自比薩內洛[2]（Pisanello）之手」。然後，請把一幅水彩畫還給雷納多．漢恩，那是他的表姊瑪麗．諾林格[3]（Marie Nordlinger）以前

2 Pisanello（一三九五至一四五五年），國際哥德時期最後一位傑出的畫家、製圖家和紀念章藝術家，來自比薩。曾經在羅馬、梵蒂岡、威尼斯等地繪製濕壁畫，但可惜的是都已損毀。現存作品包括《聖告圖》（*Annunciation*）以及《聖喬治和公主》（*Saint George and the Princess of Trebizond*）。

3 Marie Nordlinger（一八七六至一九六一年），雷納多．漢恩的表姊，曾協助普魯斯特翻譯英國藝術評論家約翰．拉斯金（John Ruskin）的作品。

送給他的。還有，送一束花給比茲醫師，不，一籃花才對。同樣送一籃給雷昂．都德，或者他的夫人比較好。還有什麼事，塞萊絲特？萬一我真的死了，而且恐怕就快了，不是嗎？啊！時刻到來時，請通知穆尼耶神父[4]（abbé Mugnier），請他來到床前祈禱。

記下這些指示之後，他們一起工作到凌晨兩點。塞萊絲特凍僵了，四肢發麻，筋疲力盡。普魯斯特跟她說了許多醫界的壞話，反覆嘮叨有如唸經，她早就習慣了。塞萊絲特累得連抗議都沒力氣。他要他的鋼筆套。她出去後，他繼續獨自工作，寫了一個小時，直到凌晨三點半。然後，他再也不行了。他按鈴召喚塞萊絲特，命令她把紙條貼在該貼的位置上。您聽清楚了，塞萊絲特，貝戈特，阿爾貝蒂娜的冰淇淋，垂死之人的輕率任性，垂死之人的輕率任性，

—貼兩次嗎？先生？

4 Abbé Mugnier（一八五三至一九四四年），法國天主教神父，熟識許多當時社交圈及藝文界名流。

＊

普魯斯特沒睡著。他的眼皮眨動著，非常快速，宛如背光的夜蝶翅膀。他看起來呼吸困難，然而，早上快七點的時候，他要一杯熱騰騰的咖啡。塞萊絲特立刻奔向廚房，她的姐姐，瑪麗．吉內斯特整晚守在那裡。我一直撐到現在，已經累得像個死人，站都站不起來，她說。她很快端著銀餐盤回來，上面擺著咖啡和牛奶。普魯斯特把碗捧起來沾了一下嘴唇，為了讓塞萊絲特高興。她站在床邊，看著他，彷彿一個母親看著自己的孩子。塞萊絲特，我可憐的小金絲雀……沒有我，您該怎麼辦？我可憐的小金絲雀……您知道嗎？塞萊絲特，在貢布雷，每當晚上我睡不著，熱淚盈眶的時候，她就這樣叫我，試著安慰我。普魯斯特想開一張支票給她，表達感謝之意，但是虛弱得連簽名也模糊難辨，只好放棄。然後他請她讓他休息一會兒。塞萊絲特自己也已筋疲力盡，但她假裝回自己的房間或往廚房去，其實是守在靠近浴室的走廊上，就在普魯斯特床邊的藍色門簾後面。

一個小時後，召喚鈴聲響起。她從另一扇門，也就是女主人房的門，回到房間。普魯斯特問她為何守在門後。是的，先生，沒錯，我剛才一直站在那兒，我怕您臨時有什麼需要，我只想待在離您最近的地方，以確定能立刻趕到。他請她千萬別關掉床頭燈。他伸出手臂，指著房間下方的某個角落。房間裡有一個恐怖的胖女人，一身黑衣，一直都是同一個女人，千萬不要靠近，她很胖，很黑，絕對不要觸碰到。塞萊絲特點頭，站著，等候，等他平靜下來之後，走出房間。她請歐迪隆立刻通知比茲醫師，並去麗池取冰啤酒。接著她親自下樓去麵包店，打電話給普魯斯特教授，但他不在，他的妻子瑪特說他今天在巴黎東區的泰儂醫院（l'hôpital Tenon）授課，那地方在第二十區的區公所後面，她會請人轉告他的。這不在話下。

塞萊絲特以最快的速度奔回樓上。病人出現混亂、不由自主的動作，她知道那是人家說的，垂死掙扎。兜攬著面前床單上的什麼，即使什麼也沒有，又彷彿有什麼似地緊抓不放。他注視塞萊絲特的手。原來會是這雙小手替我闔上眼。塞萊絲特，您這樣照顧我，宛如我的親生母親。

十點鐘左右，比茲醫師到了。塞萊絲特在玄關求他為病人打一針，明知如此一來違背了她對普魯斯特先生忠貞的承諾：不請比茲醫師過來，並嚴禁為他打針。

他們進入瀰漫死亡氣息的房裡。塞萊絲特搶在病人申斥之前，解說她碰巧，偶然地，在阿默蘭街遇見比茲醫師，當時他正在巡診。普魯斯特未再堅持，只吵著要啤酒，不耐歐迪隆拖拖拉拉。都一樣，啤酒也一樣，送到的時候必定為時已晚，其他一切也都一樣，這是他的命。這期間，比茲醫師準備注射樟腦油，他低聲對塞萊絲特說，打在大腿上。她掀開床單，普魯斯特突然抓住她的手腕，像開瓶器似地猛力一扭，彷彿要擰出血來。啊！塞萊絲特，啊！塞萊絲特！為什麼……面無血色的一張臉，在黝黑的鬍鬚髮絲襯托下，顯得更加蒼白。

比茲離開後，接到妻子通知的羅貝爾·普魯斯特也來了。他認為同業施打那一針是適當的判斷。他將兄長靠回枕頭上。我驚擾你了，親愛的小馬塞爾，讓你受苦了。你還是不願意住進皮契尼療養院嗎？院長是我們的朋友，拉米醫師，路易·拉米（Louis Lamy），是個好朋友，皮契尼街，離這兒不遠，塞萊絲特也可以繼續留在你身邊。普魯斯特的眼皮瘋狂眨動。

普魯斯特醫師從房間出來，走向歐迪隆和塞萊絲特。他請歐迪隆去找拔火罐，請塞萊絲特拿一條鴨絨被過來。到了這個地步，什麼方法都得試。

塞萊絲特從櫥櫃拿出一條利寶百貨[1]（Liberty）的鴨絨被，因為是羽毛做的，普魯斯特一直不肯使用；歐迪隆也刻不容緩地帶著拔火罐回來。此外，羅貝爾·普魯斯特請塞萊絲特再多加幾個枕頭，這點事不算麻煩吧！

可惜，拔火罐行不通。叫歐迪隆去找氧氣球面罩（ballon d'oxygène）。天殺的，這東西要去哪裡找？我不知道，叫他自己想辦法。氧氣球面罩，又不是什麼稀奇的東西，搞什麼鬼。

普魯斯特又想到斯萬，他親愛的斯萬，他可憐的斯萬，詹姆斯．帝梭畫作中那個年輕人，與皇家路精英圈的其他成員保持著一點距離，在加入羅斯柴爾德（Rothschild）尊榮的賽馬俱樂部以前，他也屬於那個圈子的一員；瓦盧瓦（Valois）王室家族的後裔，他的氣質極度優雅，品味如此穩當，那身珍珠灰色長大衣，銅綠襯裡的大禮帽；但在他生命的末期，生著重病，如一頭疲憊不堪的獸，重拾猶太人身分（迷途知返、回歸同伴的宗教信仰），蓄起先知的鬍子，尚未結束關於維梅爾的研究，什麼研究都沒結束，什麼都沒著手進行，而原本都辦得到的。才不是這樣，他選擇了生活，女人，沙龍、伯爵夫人，澎湃熱烈的藝術對談，直到最後。普魯斯特曾喜歡在斯萬病重的段落裡醜化他，奚落他像希伯來老人，有個「波奇尼拉」[2]般的滑稽鼻子，還有宛如一顆熟爛梨子的青臉，臉上還布滿普魯

1 Liberty，位於英國倫敦市中心西區的一家老牌百貨公司。成立於一八七五年，最初銷售日本和其他東方飾品等藝術工藝品，在維多利亞時代的東方熱潮中有重要地位。一八九〇年代開始，利寶百貨公司即以販賣唯美主義商品而聞名。

2 Polichinelle，義大利經典偶劇人物，鷹勾鼻，穿著白袍白帽破鞋的丑角。

士藍的斑點。其實那是疾病導致的殘相。不久之後，葬在拉雪茲神父墓園（Inhumé au Père-Lachaise），就像他，普魯斯特，也一樣。接近最末的篇章裡，這樣是不是對他不太厚道？是，很有可能。不過，那是他一直以來魅惑他的後果。這位男子，偏偏他所做的一切都是為了他。有時候，某些人長期羈絆著我們，一旦掙脫了它，要原諒，談何容易；如同大病一場，或者狂戀一場後，突然痊癒。

下午一點。羅貝爾為他輸給氧氣，馬塞爾的痛苦稍微得到緩解，呼吸稍微順暢些。教授要求塞萊絲特再把比茲醫師請過來。兩位醫生共同商議，一致同意再請一位醫師前來協助，也就是曾經診斷普魯斯特夫人的巴賓斯基大夫。三名醫師面對他們的病患和他狂亂迷茫的眼神，進行了一場專業的研討。羅貝爾．普魯斯特提議再以靜脈注射的方式打一劑樟腦；巴賓斯基教授年屆六十五，師從偉大的夏科[3]（Charcot），他迅速辨識患者是偽病的歇斯底里症，因而抱持懷疑，認為不必白費力氣再打這一針，沒有用的，只會徒增病患的痛苦。人都快死了，還有必要去管是歇斯底里還是偽病症嗎？不是嗎？總之就是要死了，僅此而已，千真萬確。塞萊絲特送走比茲和巴賓斯基，回到房間，看見普魯斯特如野獸一般緊緊瞪著她和羅貝爾先生，她心亂如麻。

時刻分分秒秒靜靜流逝。

四點半，羅貝爾朝他的兄長走去，俯身上前，闔上了他的眼睛。是的，塞萊絲特，結束了。

3 Jean-Martin Charcot（一八二五至一八九三年），十九世紀法國神經學家、解剖病理學教授，被譽為現代神經病學的創始人，鑽研歇斯底里和催眠術。當時歇斯底里多被視為裝病行為，而他則認為那屬於神經系統疾病，到晚年才認為那是一種精神疾病。他的研究大幅推動了神經學和心理學領域的發展。多種綜合症以他命名。

＊

塞萊絲特．阿爾巴瑞和羅貝爾．普魯斯特教授，把床上所有長物整理乾淨，都是一些馬塞爾不希望人家碰，生怕沾到灰塵的物品，報紙、引燃煙燻用的紙張、最近收到的信件、最新一期的《新法蘭西評論》，內容包含了一篇尚未問世的新作，而他應該已確認校對無誤。塞萊絲特找來乾淨的床單和睡衣，更換了床巾被單和枕頭套，這件事已許久沒做了。她將所有窗戶大大敞開，自從普魯斯特先生那個夜晚出門以來，這是第一次。她好想將他的雙手併攏，放在被單上。在她老家，小村子裡，大家都這麼做。還想在他的雙手間放一串唸珠，那是露西．菲利斯－佛瑞夫人[1]（Lucie Félix-Faure Goyau）某次去耶路撒冷朝聖回來帶給他的，十字架上刻有「耶路撒冷」字樣。露西・菲利斯—佛瑞夫人是總統的大女兒，安東妮特（Antoinette）的姐姐，早在艾麗榭花園時期，戴著花的兩姐妹便是他年輕時的好朋友。這麼做的話，羅貝爾先生，可憐的馬塞爾先生一定會很高興。不過不行，塞萊絲特，教授否決這個提議，認為他的兄長是在工作時死去，最好還是讓他的手自然地擺在床單上。他沒有那麼虔誠。在我看來，他一點也不信，家族裡沒有人真的是教徒，他也更不會比別人虔誠。他可曾在某個禮拜天去做彌撒？您看過他去嗎？塞萊絲特，說真的，做彌撒？沒有，他唯一的信仰，就是文學。他唯一規定自己要遵行的儀式，就是書寫。他的祈禱，靜默無聲，只不過在冥思接下來要寫的那一頁。我和您一樣了解他，我的小馬塞爾，所以我確信您會認同我的感受。

1 Lucie Félix-Faure Goyau（一八六六至一九一三年），法國第三共和第六任總統菲利斯—佛瑞（Félix-Faure）的大女兒，與妹妹安東妮特（Antoinette）皆是普魯斯特少年時期在艾麗榭花園的玩伴。露西甚至曾與馬塞爾論及婚嫁，但因總統猝死的醜聞作罷他們關掉幾個星期以來一直亮著的床頭燈，轉而點亮天花板上的吊燈。穆尼耶神父……或許請他來做禱告？馬塞爾先生曾經有過這個想法……教授沒有回答。換作是自己，這確實是他最後會設想的事。但是他知道他的哥哥有點特殊，不論在這件事或其他方面都是個異類，與眾不同，無與倫比，完全不按牌理出牌。他沒有回答塞萊絲特，不過請她剪下一綹哥哥的頭髮，留給他和她紀念。

雷納多．漢恩稍後抵達了，然後又下樓打電話給兩人共同的朋友，並且給這群人那群人都發了急件電報。給吉什、羅貝爾．德．比利[2]（Robert de Billy）、雅克．希維耶爾：「一個月的病榻中，他頑固地拒絕接受治療。今晚，親愛的馬塞爾離開了我們。」接著回到樓上。星期六一整夜他都待在那裡，一直到隔天的星期日。起初就守在房間裡，後來退到擁擠的客廳，塞萊絲特看見他在紙上譜寫音符，但又坐不住，不時回到馬塞爾的房間，彷彿想確認什麼。確認將永遠再也聽不見摯友的聲音，再也無法與他四目相望。他執起他的手，緊握在手中，許久許久。我可憐的馬塞爾。塞萊絲特拿來一本精裝的《在少女倩影下》，上有普魯斯特給她的親筆題字，親暱到誇張的口吻。雷納多為此嫉妒。他，他一輩子的好友，為什麼沒有這麼珍貴的版本？塞萊絲特於是把書轉送給他，啊，本來就是應該的，雷納多先生。他翻開書本的扉頁，高聲朗讀：

致戴花少婦（可惜，沒有花兒不帶刺），在我們沾了血的衣物上方，卻靜靜地微笑著，明眸如鏡映出藍天，一位聖女貞德—雷卡米耶—波提切利之合體（Jeanne d'Arc-Récamier-Botticelli），似乎確實在對我們微笑，然而錯得可真離譜！她的丈夫，親愛的歐迪隆，如畫著勞拉．迪昂提（Laura Dianti）的提香（Titien）那般湊上前去。但是她，鏡子前的鏡子，她的微笑既非對歐迪隆亦非對我，而是對她自己。

2 Robert de Billy（一八六九至一九五三年），法國貴族，外交人員，曾任日本大使，生活嚴謹的清教徒，愛好文學，是普魯斯特十分尊崇的友人。多虧他的引介，普魯斯特才得以進入巴黎文學沙龍，也是他從倫敦帶回一本拉斯金的作品送給普魯斯特，從此開啟他對拉斯金的朝聖之路。

這寫得不怎麼貼切，您不覺得嗎，塞萊絲特？我霸佔這本《在少女倩影下》真的不會造成您的困擾嗎？畢竟，這是我們親愛的馬塞爾送給您的，您完全有權享有。不會，您確定？不過，總之也只是一本書罷了。我猜您應該還有其他屬於他的東西……不，說真的，您不覺得我太狡詐？

十九號星期日那天，第一個到來的是雷昂·都德，淚流不已。然後是諾阿依公爵夫人，她把塞萊絲特擁入懷中，泣不成聲。再來是保羅·莫杭、費爾南·葛雷格[3]（Fernand Gregh）、呂西安·繆拉公主（princesse Lucien Murat）；羅拜爾·德雷福斯[4]（Robert Dreyfus）不忍走進房間，掉頭就走；雷昂·都德的弟弟呂西安·都德、喬治·德·羅里斯[5]（Georges de Lauris）、羅貝爾·德·比利；艾德蒙·賈魯發現他的面容凹陷瘦削，臉上出現幾處墨綠色的暗影，如某位偉大的西班牙畫家畫的肖像。然後是尚·考克多、加布里耶·阿斯特魯克[6]（Gabriel Astruc）、瑪特和蘇西·普魯斯特；雅克·波黑爾為馬塞爾套上一枚浮雕玉戒指，那是阿納托・法蘭西[7]（Anatole France）在一八九九年《紅百合》（*Lys rouge*）首演後，送給他母親黑珍娜的。

畫家黑勒[8]（Helleu）來畫了一幅速寫，再以針刻法（pointe-sèche）刻出面容。

---

3 Fernand Gregh（一八七三至一九六〇年），法國詩人，文學評論家，法蘭西學院院士。普魯斯特中學同學，兩人皆在少年時期即是阿蒙・德・卡亞維夫人沙龍常客。文學刊物《盛宴》的創辦人之一。

4 Robert Dreyfus（一八七三至一九三九年），法國作家、記者，普魯斯特中學同學、艾麗榭花園玩伴、《盛宴》月刊編輯群之一、與馬塞爾書信往來多年的忠誠友人。

5 Georges de Lauris（一八七六至一九六三年），法國記者、文學評論家、法學博士、侯爵。在他母喪之時，普魯斯特曾寫過一封動人的信安慰他。

6 Gabriel Astruc（一八六四至一九三八年），猶太拉比之子，記者、劇場經理、劇作家、藝術經紀人。

7 Anatole France（一八四四至一九二四年），法國小說家，一九二一年諾貝爾文學獎得主。在德雷福斯事件中站在支持重審的一方，作品呈現對社會不公、上層統治及天主教會的批判。著有《波納爾之罪》（*Le Crime de Sylvestre Bonnard*）、《當代史話》（*Histoire contemporaine*）、《泰綺絲》（*Thaïs*）、《紅百合》（*Le Lys rouges*）等。在普魯斯特《追憶似水年華》中，他是作家貝戈特的原型之一。

8 Paul-César Helleu（一八五九至一九二七年），法國畫家、版畫家，與羅貝爾・德・孟德斯鳩交好，為其表妹葛瑞夫勒夫人畫了多幅肖像。為普魯斯特《追憶似水年華》中的畫家埃爾斯蒂爾的原型人物之一。

他是塞萊絲特按照教授的指示，到樓下麵包店打電話邀請他的。他製作了兩幅版畫，一幅給羅貝爾．普魯斯特，另一幅給塞萊絲特。他離開後，另一位藝術家德．謝貢查克（Dunoyer de Segonzac）[9]也來了，他畫了一幅炭筆畫和兩張墨筆畫。然後是攝影師曼．雷（Man Ray）[10]，受考克多之託而來。

費爾南．葛雷格抵達時，只有雷納多一個人和塞萊絲特在家。當然還有普魯斯特。在他床前，他們漫漫細數許多回憶，以及對這座公寓的印象。普魯斯特兩年前遷入時的狀況至今仍然保持著，同樣擁擠，家具零亂，隨性地擺設，畫作直接放在地板上，倚牆而立，還有那些可有可無的小玩意兒……壁爐上，塞萊絲特則整齊排列了鼴鼠皮封套的手稿筆記本。費爾南和雷納多低聲互訴心緒（塞萊絲特讓兩人獨處）。

對我們的小馬塞爾，什麼話也沒辦法說，他是那麼的多疑，儘管最近有了成就，也一樣，什麼都不肯聽，任何一點批評，即使輕微也聽不入耳。對他唯有不斷地稱頌，表現出最高的讚美和狂喜。他要求無怨無悔的付出，像個三歲孩子對母親的需索。「舉個例子，」雷納多說，「有一天我鼓起勇氣讓他知道，我覺得他的句子，怎麼說呢，稍稍長了一點……」人家有權利發表意見，不是嗎？您說呢，費爾南？對朋友，我們可以說出心裡的想法，不是嗎？要不然，親愛的，我問您，還能對誰說？結果呢，您想不到吧，我們的小馬塞爾，當場發作，可不止抗議而已，彷彿我是小題大作，反正對他來說本就是件微不足道的小事。一年後，我在麗池遇見他，他劈頭就責備我：「雷納多，您這個人不喜歡我的風格……」此話怎講，馬塞爾，我怎麼會不喜歡您的風格？「沒錯，沒錯，我知道，您不喜歡我的風格，雷納多。還有，您完全有權利不喜歡。我們不必強迫自己去喜歡所有人的風格。看看斯萬，他一點也不喜歡奧黛特的風格，然而他卻瘋狂地迷戀她……」諸如此類，諸如此類。

9 Dunoyer de Segonzac（一八八四至一九七四年），法國畫家、版畫家、插畫家。
10 Man Ray（一八九〇至一九七六年），美國現代藝術家，主要在巴黎發展，對達達主義與超現實主義有重要貢獻。

後來，他們聊起小馬塞爾在各沙龍嶄露頭角的那段時光。他胸前別著一朵茶花，那時人家根本不把他當一回事，那時他對女士們殷勤討好，雅克—埃米勒·布蘭奇替他畫肖像時，他二十四歲左右……獻殷勤？您，您跟他認識是在……是的，在孔多瑟中學校園裡，還有後來，在我們創辦刊物《盛宴》（*Le Banquet*）的時期，共事的還有羅拜爾·德雷福斯、路易·德·拉·薩爾[11]（Louis de La Salle）、丹尼爾·哈雷維[12]（Daniel Halévy）、賀拉斯·費納利、雅克·比才[13]（Jacques Bizet）……雅克·比才以前鴉片成癮，不是嗎？海洛因成癮？嗎啡成癮？我不太清楚，為了一個禍水紅顏自殺了，就在兩個禮拜前。我們《盛宴》月刊這群人中，第一個逝世的。我還記得馬塞爾在費納利家跟瑪麗打情罵俏，還有在史陶思家，還有在特魯維爾（Trouville）的黑岩旅店（Roches noires），在安娜·德·諾阿依家。半夜十二點，在韋伯餐館（chez Weber），大熱天穿著毛皮大襖，一塊棉絮從領口漏了出來，令人嫌惡，活像幽靈，這個生了病的老男孩，當時已是，一直都是……我們的小馬塞爾……誰會相信呢？就像夏爾勒·哈斯，這個只會遊手好閒的人，純粹上流社交圈人士，成了一部空前絕後的鉅著裡意氣風發的人物。

所有人都離開了。兩位戴著雙角帽的修女坐在床鋪一旁。她們要塞萊絲特讓她們留下來，但她拒絕了，她溫厚的外表下難免疑心，就怕人家打發她走是為了去睡懶覺，反正沒人看見。她想太多了嗎？或許吧！是因為普魯斯特先生將這種高度警覺灌輸給了她，要看看藏在理由後面的理由。或者，是她自己保持了源自故鄉洛澤省的特性。誰知道？我們從來都不知道，也不知道他人的心，不知道他們內心的時鐘怎麼走的。

11 Louis de la Salle（一八七二至一九一五年），《盛宴》月刊合辦人，在普魯斯特於孔多瑟中學的同學中最為早逝。

12 Daniel Halévy（一八七二至一九六二年），出身猶太清教徒家庭，父親為法蘭西學院院士。歷史學家，散文家，普魯斯特中學同學，《盛宴》編輯群之一。

13 Jacques Bizet（一八七二至一九二二年），作曲家喬治·比才與潔妮薇耶芙·哈勒維（Geneviève Halévy，即後來的史陶思夫人）之子。普魯斯特幼年即結識的朋友，常出入母親所主持的沙龍，亦參與《盛宴》編輯。嗎啡及酒精成癮，在普魯斯特去世前十二天為情婦自殺身亡。

*

羅貝爾．普魯斯特獨自留在房間守著兄長，直到葬儀社的人過來。入殮之前，他叫塞萊絲特來做最後一次告別。她訂了一個小十字花架，請他們放在棺木上。他應該會喜歡這份細心，可惜無法親身享受它們。他愛花朵，卻只能透過歐迪隆的包租車車窗欣賞，也常請他載他去森林。再去看看山楂花是什麼模樣；這一切，彷彿在瑪利亞月，貢布雷，湯松維爾（Tansonville）那邊，那段遙遠的散步時光。

隔天，羅貝爾親自用自己的轎車載送塞萊絲特，沒讓她搭乘她丈夫的包租車。這是起碼該做的事。她才是他哥哥生前最親近的人。

目的地是聖皮耶—德—夏約教堂（église Saint-Pierre-de-Chaillot）。教堂前，

安東妮特·佛瑞、葛瑞夫勒伯爵、瑪麗·繆拉公主[1]、雷納多和他的姐姐瑪麗、狄亞基列夫。德魯夫神父（還是德勒普夫？我聽得不是很清楚）宣讀悼詞，然後樂團演奏莫里斯·拉威爾（Maurice Ravel）的《悼念公主的帕凡舞曲》（Pavane pour une infante défunte）。有人做筆記，也許是為了在日後寫篇文章，諸如「人群中，大批猶太族群及年老色衰的巴黎孌童癖，抹了粉底，塗了指甲油，目光四處獵尋……」。鐘聲響起。

離場時，站在艾提安·德·波蒙附近，頭戴圓頂帽，手臂上掛著雨傘的巴萊斯對莫里亞克坦承：「我一直以為他是猶太人呢，這個小馬塞爾，多漂亮的一場葬禮……畢竟，是啊，為了我們那個年輕人……」加布里耶·阿斯特魯克和雷昂·都德，水火不容的兩人卻坐進了同一輛包租車。葬禮上發生了一件引人發笑的插曲。在大家準備出發前往拉雪茲神父墓園時，費爾南·葛雷格的小狗，菲力寶（Flipot）

1 即呂西安·繆拉公主。

忽然掙脫開來，躲到了飾滿鮮花的靈柩下。後來小狗慌張了起來，竟然就不見了。可憐的小狗，可憐的費爾南．葛雷格，他們不該遭遇這種事。

大家爬到拉雪茲神父墓園的高坡，進入第八十五區，阿德里安．普魯斯特教授與妻子珍娜安息的地方。

葬禮歸來，歐迪隆．阿爾巴瑞、塞萊絲特和瑪麗．吉內斯特留在阿默蘭街的公寓，進行整理和大掃除。

就在阿默蘭街上，塞萊絲特看見書店的櫥窗裡擺了三冊普魯斯特先生的作品，想必是《斯萬》、《少女倩影》、《蓋爾芒特》。新法蘭西評論出版社的商務經理特隆須先生，總算認真精準地出手，抓住大作家去世的機會，迅速發布消息，但事實也已經如此，各公報將滿滿刊登相關報導。這一次，不必再等馬塞爾先生寫信給他，不必再浪費那麼多精力給他寫一封長信，一封同眾多石沉大海的信一樣的信。這一次，不需要。一切進行順利，像變魔術一般。紙張，印刷，發派到各書店。而書店老板，至少如阿默蘭街上那一家的老板，也把該做的都做了。普魯斯特先生應該會很高興，看見他的著作生產線總算全面運轉起來，宛如一艘巨大的船艦駛出停泊港，準備越洋而去。此般光景，他終生懷疑是否得見，而原來必須等他死去。他的作品終於將他消耗殆盡，將他吞噬，如同法布爾筆下的泥蜂幼蟲，被吃掉的毛蟲，活生生的、神聖的殉難者。

塞萊絲特後來在阿默蘭街上又待了好一會兒，對著書店櫥窗裡主人的書凝望良久，懷疑自己是否在做夢。她不久前才以聽寫的方式，剛為「貝戈特之死」加了一段補充。普魯斯特在這個段落中，想像這位虛構出來的作家作品，在他去世之後，將陳列在書店櫥窗裡，宛如重生。但或許是她的幻想。奇怪的象徵主義，無論如何，福樓拜恐怕會這麼說；她還記得，普魯斯特先生很喜歡引用他的句子。

除了整頓公寓之外，她還必須兌現一個承諾，在《阿爾貝蒂娜不知去向》的最新樣版上，遵照普魯斯特先生指示的順序，仔細貼上增添紙條然後摺成扇形。這件事她最拿手了，除了她還有誰能達成任務？

他們一一檢視雜亂成堆的家具，一次又一次搬家累積下來的、父母親族遺留下來的。比方這座帶鏡子的衣櫥，上方飾有一盞明亮的大壁燈，搬到阿默蘭街後，卻從未被打開，鑰匙還收在某個抽屜，裡面有一些床巾，幾樣珍娜・普魯斯特夫人的衣物，還有一盒瓦倫西亞蕾絲邊手帕，繡著「JP」的姓名縮寫，珍娜把它送給了她的「小狼」[2]，很久以前的事了。是當初她在瑪德蓮（Madeleine）教堂旁的特華卡提耶百貨（Trois Quartiers）買的，緞帶至今尚未拆開。

羅貝爾・普魯斯特會保管哥哥的床、那張有十二個抽屜的桃花心木黑釉書桌，以及一座帶玻璃門的黑色書櫃，他的書都好好的放在架上。另外還有兩頭青銅製的中國象，說實話出奇的醜，在他們雙親的那個年代，那是巴黎布爾喬亞的品味。不過普魯斯特早就看都不看，不怎麼在乎了。這件飾品以前屬於阿德里安・普魯斯特教授。這些東西後來都由羅貝爾保管，存放在他位於奧什大街（avenue Hoche）的辦公室，直到一九三五年去世為止。在那之後，又過了許久，這些家具由收藏家雅克・蓋杭[3]（Jacques Guérin）取得，而其中一部分，在更久以後，則歸巴黎的卡納瓦雷博物館（musée Carnavalet）所有。塞萊絲特得到屏風、三張床頭小桌、綠色燈罩的床頭燈、單人扶手沙發、躺椅，和梳妝台。一切得宜，不必多做文章。普魯斯特先生是否曾在她面前提到遺囑或遺願？就她所知沒有。賀拉斯．費納利、史陶思夫人都問過她，是否能為她做些什麼，補償她，減輕她的負擔，幫助她，回報她的辛苦，她那令人敬佩的忠誠。快別這麼說，這實在不值一提，她始終只遵照自己的心意行事，不求報答或感謝。

塞萊絲特也跟蘇西．普魯斯特見了面。跟他一起生活並不容易，不是嗎，塞萊絲特？塞萊絲特激動地高聲加以反駁。羅貝爾．普魯斯特家裡一定說了不少小馬塞爾的壞話，想必已經口無遮攔。特別是瑪特和蘇西母女。羅貝爾．普魯斯特夫人一直對馬塞爾懷恨在心，認為他「包庇」羅貝爾的外遇……是的，是的，瑪特，她知道的可多了，而蘇西總有意無意地暗暗偷聽……

---

2 普魯斯特夫人珍娜對馬塞爾的暱稱。對羅貝爾則暱稱為「另一隻小狼」（l'autre petit loup）。

3 Jacques Guérin（一九〇二至二〇〇〇年），法國香水商，慈善企業家，收藏大量書籍手稿。

幾天後，在教授的建議之下，塞萊絲特去了奧恩省的巴紐勒（Bagnoles-de-l'Orne）療養。

一九二四年，歐迪隆已對開包租車十分厭倦，普魯斯特先生過世後，他更無心從事這項工作。服務普魯斯特先生，或不服務任何人，他選擇了後者，賣掉了那輛漂亮的車，紅色雷諾，花了一大筆錢購買的，還很新，原本以為這樣在麗池門口等人才稱頭，事實上卻極少使用。夫妻兩人用存下來的錢，在卡內特街（rue des Canettes）十四號買下一幢小旅館，位於聖許畢斯教堂（Saint-Sulpice）和聖哲曼德佩教堂（Saint-Germain-des-Prés）之間的一條狹窄的小街上。

羅貝爾．普魯斯特教授去世後，人們在他家一處樓梯下方的儲藏室裡，發現了他哥哥於一九二一年五月題字贈予的《索多瑪和蛾摩拉》。「給我摯愛的弟弟，我敬佩且發自內心深處最喜愛的弟弟。他的馬塞爾上。」曾有些人推論羅貝爾連自己擁有哥哥的親筆題字書也不知道。其實他們錯了，大錯特錯。

譯後記——

普魯斯特之死　馬塞爾的永恆

今夜，我的譯稿初次寫下了隱形的「完」字。

快結束了，邊譯邊哭。一直流淚，沒有防備，突如其來，既感慨又欣喜，忍不住把這個狀態跟主編分享。她要我一邊哭一邊筆記下來。

究竟是什麼讓情緒一股腦兒地湧上？

我不是在譯《追憶似水年華》，不是在譯普魯斯特，甚至，我認為這本書說的先是塞萊絲特，然後才是普魯斯特；或者可說，普魯斯特在幕前，樣貌鮮明，形跡清楚，牽動主軸；而塞萊絲特則透過聲音存在，看不見她，但一直都在。第三個聲音是敘事者，彷彿與塞萊絲特問答，又彷彿對著塞萊絲特自問自答。這樣多層次的描述手法，建構出一種主客觀兼顧的真實感，十分生動地勾勒出主僕之間特殊深厚的情誼。塞萊絲特給普魯斯特母親般的溫暖，可憐的小狼。

查資料耗時耗神耗力，但我無法視而不見。首先，因為那些可能是某某角色之原型的名流，皆是普魯斯特生命的一部分。而他的一生，尤其是最後階段，都奉獻給了他的書，給了書中的人們。比如夏爾勒・哈斯／夏爾勒・斯萬那一段：普魯斯特的好友們從帝梭的畫中看見哈斯，像斯萬的哈斯，人物原型因為他書中的人物而被認出來，從那一刻起，斯萬為主哈斯為客，他的書比真實還真實。另一方面，普魯斯特卻又苦惱世人過於在意書中人物與原型本人是否相像。當現實世界裡的人對號入座，與虛構人物較真，對創作者來說可說是一種根本的否定，直接限制了他的海闊天空。著相，俗；著虛構之相，俗氣不堪。他最惋惜心目中的天堂鳥淪為一隻長舌鵲。

然而，作家的創作，如果本來就是假的，虛構的，為何還要勞動孱弱的病體去看展覽上的那幅畫，赴邀去沙龍去派對，只為探聽某個細節，觀察某種服飾？

這種無比講究的仿真心態……好接近翻譯。

所謂的記憶，見證的究竟是錄像般的真實還是想像中的真實？記憶中的一切，包括感受，都是真的也是浮動的。「真」到底是發生在過去？還是追憶的當下？

文學遊走在虛實之間，但在浮世人生裡，人與事，事與人，一起在生命時光中流動，本來就各說各話。作家說的，旁人說的，都是真的。

普魯斯特真的快死了，不吃不喝不看病，被弟弟惹惱了也不再就醫，不吃藥，把自己關在房間，「讓我好好工作，這樣就夠了。讓我清靜就好」，他這麼說。閉關後第一次再度按鈴召喚塞萊絲特，告訴她，他終於寫下了「完」這個字，可以死了；塞萊絲特的反應讓我潰堤。

再前幾天的段落，弟弟羅貝爾為了激發哥哥的生存鬥志，故意說旅途中沒看到任何車站賣他的書。果然普魯斯特寫信給伽利瑪抗議，而看似市儈的伽利瑪給他的回應直白而真誠。普魯斯特不給好臉色的兩個人都如此愛他，我的眼角是濕的。

還有好多，整本書都是。

就像十九世紀末二十世紀初那些最後的貴族，無論如何沒落了；但正是那華麗的沒落氣息，讓他們終於活得像人，而非活成一個頭銜。本書中的普魯斯特，沒落到了阿默蘭街，在意書的銷售，在意成就是否得到認可，麻煩又挑剔，但周遭的人們無法不愛他。他不只是普魯斯特，更是馬塞爾；是他人眼中的他，不僅是《追憶似水年華》的敘事者，或創作者。

我想，最令我感動的部分，應該是透過這種「塵俗」的視角所呈現的馬塞爾：他讓我安心，知道他的一生不是只有「那本書」；就算我們從一開始就知道他只剩三年可活，但他終究真真切切地活了一場，在人世中，而非只在追憶裡。

我譯的不是《追憶似水年華》，而是真實的普魯斯特之死，馬塞爾的永恆。

陳太乙

二〇一八年三月，台北

附錄——

普魯斯特的生命與救贖——《追憶似水年華》

從一九二二年回憶起……

一九二二年十一月十八日，普魯斯特去世，得年五十一歲。

為了完成《追憶》這部史詩般的宏大巨著，自一九一〇年起，普魯斯特離開原先住處，遷移到巴黎奧斯曼大道，直到去世，身邊只留一位僕人照顧他的生活，並適度協助體力不支的他記錄他用口述或一再增添修改的文稿。

普魯斯特決定開始隱居創作的生活，和他在一九〇五年失去他一生中摯愛不可或缺的母親不無關係。那也是他一生中最為沮喪哀慟的時光，父親去世之後不到兩年，母親也離他而去，深痛的打擊幾乎讓他崩潰。普魯斯特不僅中斷了他所熱愛的社交生活，還開始接受醫生為他進行心理治療。母親去世所帶來的心靈創傷，也導致那從他九歲起就折磨著他的哮喘病症益發嚴重。

父母親相繼死亡，讓長久以來，對自己寫作才華一直還不太有信心的普魯斯特，開始認真思考將醞釀已久的《追憶》寫作計劃付諸行動，即令在那之後，身體狀況每下愈況。

死亡對於普魯斯特本就不是什麼新奇的東西。雖然有幾次幾乎摧毀他的死亡，曾讓他恐懼非常。然而，在生命末期，死亡意識已經成為他生活中如影隨形的一部分，不同於早期生病之後籠罩在死亡的恐懼陰影下，當他開始覺察到自己有可能完成一部絕無僅有的藝術作品時，面對隨時可能發生的死亡，他所感受到的，並非一般意義下的死亡恐懼，而是為了著作。因為，他搖搖欲墜的生命，對於建構中的小說的順利完工，是絕對必要的支撐，死亡也因此才構成潛在的威脅。

由於日常生活的活動受限，和友人以書信切磋文學藝術的觀點或生活點滴，一直是普魯斯特持之以恆的生活風格之一。後世研究他的人，也因此得以在他的書信集中，見證他在無情歲月推移的過程中，是如何和幾乎拖垮他的疾病奮戰，只為多爭取任何一丁點時間，以便完成他最偉大的作品。

在一封一九一〇年給友人的信中，他寫道：

三年以前，我還能坐著關好窗戶的車子出去轉一天。兩年以前坐車已經不行了，但是我還能下海灘走走。去年我已經不能再走出門去，但是每天晚上九點鐘我還能下樓在旅館裡面轉轉。今年可好，我只能兩三天才起來一次。下樓去用一個小時的晚餐。

這封信說明了一九〇七年之前，普魯斯特還有些許體力外出從事一些活動，「坐在關著窗戶的車出去轉一天」已讓他頗為滿意；一九〇八年，出門兜風的體力也沒了，只能在海邊走走；到了一九〇九年，活動範圍愈縮愈小，只能在旅館內「轉轉」；到了寫這封信的一九一〇年，臥室已成了他的諾亞方舟。只是，他的生活看似封閉了、空間也縮小了，卻無礙於他想像力盡情和回憶繆斯共舞，藝術家的心靈和意志，成為他的救星。

接著一封寫給羅尼的信，時間是一九一九年十二月二十三日：

十五年來我一直躺著生活，我指的是在臥室裡完完全全的躺著，一分鐘都不起來。有時我的病略有好轉，大約每兩個星期都有那麼一個晚上，我起來出去走走……唉，只因為在我能這樣的時候，博物館關了門，音樂會也已散了場，我才會不時到塵世去走一遭。[1]

在這裡「塵世」指的是他向來熱中的社交活動。一九一九年普魯斯特得到法國文學上極高榮譽的龔固爾獎，他仍不顧身體狀況，在巴黎麗池酒店舉辦了生命中最後一場的宴會，邀請朋友一起慶功，還將龔固爾獎金花光，從此之後不再去看醫生，甚至不再和弟弟見面，排除一切無關作品完成的事，全力投入在寫作上，最後的幾個月，甚至每天只喝咖啡和一點牛奶。他的意志實非一般人所能及。

寫作過程中，他愈來愈發現「真正的文學，就是能夠揭發精神（靈魂）中尚未被認識的部分」。為了達到這個目的，真理的追求就成為他朝向未來的每一天必須汲汲努力的」[2]。他「希望別人能夠從他的書中看見一種他因為運用特殊的感受、認識而展現的所有內涵，雖然他非常清楚那對於從來不曾經歷過或親身實踐過的人而言，這種感覺是非常難以描繪的」[3]。

普魯斯特一九二二年九月（日期不詳），去世前沒幾天，給法國小說家、也是評論家 Henri Duvemois 的信中寫著：「除了寂靜，我已經再也沒有什麼了……」[4]「青草應該滋長，孩子必須死去」，這句雨果被普魯斯特用在《重現的時光》的詩句，可以作為他勇敢且堅定的面對死亡，準備以創作藝術品的意志，和死亡做拔河殊死戰的決心：

我就說過，嚴酷的藝術法則是生靈死亡，我們自己也在吃盡千辛萬苦中死去，以便讓青草生長，茂密的青草般的多產作品不是產生於遺忘，而是產生於永恆的生命。一代又一代的人踏著青草，毫不顧忌長眠於青草下的人們，歡樂地前來享用他們的「草地上的午餐」。[5]

作者「已」死。「普魯斯特放棄人生，好讓作品活著，史無前例」[6]。所有隨著他的去世而緊接著上場的稱頌、惋惜、謳歌，各種關於普魯斯特辭世前的傳說，成為甚囂塵上的街頭巷議，騷人墨客則爭讀他的作品。普魯斯特終於有了自己的

1 〈239: To Ernst Robert Curius〉“Letters of Marcel Proust,” New York, Random House, 1949, p. 486.
2 〈239: To Ernst Robert Curius〉“Letters of Marcel Proust,” New York, Random House, 1949, p. 486.
3 〈240: To Camille Vettard〉“Letters of Marcel Proust,” New York, Random House, 1949, p. 487.
4 Proust “Letters of Marcel Proust”, Translated by Mina Curtiss, New York, Random House, 1949, p. 491.
5 普魯斯特《重現的時光》，頁三七一。
6 莫落亞的話。見Rechard Davenport-hines《巴黎一九二二，普魯斯特》，呂玉蟬譯，台北市：聯經出版公司，頁二八四。

傳奇，也不再孤寂。

在《女囚》中有一個短句，是普魯斯特藉以傳達他對書中虛構的作家貝戈特最高的敬意和對文學的希望。他在生命的最後一刻，仍猶豫著如何完美的呈現貝戈特死亡的情景。最後，他對著莫里亞克和僕人口述了他對死亡反思過的句子，說：「那很適合當貝戈特的死亡」。

> 貝戈特並沒有永遠死去的想法是可信的。人們埋葬了他，但是在喪禮的整個夜晚，在燈火通明的玻璃櫥窗裡，他的那三本一疊的猶如展開翅膀的天使在守夜，始終在守夜；對已經不在人世的他來說，那彷彿是他復活的象徵。[7]

直到生命盡頭，滋養他的、維持他生命的，仍是他書中創造出來的人物世界和藝術的信念。普魯斯特葬禮過後，他的僕人塞萊絲特經過一家書店，見到櫥窗上的布置：照亮的櫥窗中，疊著普魯斯特的作品，三本一疊，好像預示他的復活[8]。

以酒神的意志縱情享樂，和日神的精神理性思考，普魯斯特看似長久沉湎在感官、外觀世界的生活，卻同時也致力於破除外觀對我們所造成的幻覺。他毫不畏懼的揭開遮住人類悲劇的面紗，直視那在人間一場接一場上演、又不斷謝幕的人生舞台劇；不論是日神精神鼓舞著人的歡樂場景，或是在酒神勸慰人切莫迴避的人生痛苦中，他最後選擇追逐、嚮往永恆的酒神精神，為自己原本只是淡淡塗上一層模糊難辨色彩的人生畫布，大筆、大筆刷上濃郁的悲劇色調。他的生命是悲劇性的喜劇。他的死亡，一如希臘悲劇的薩提兒歌隊（Greek chorus of Satyrs）[9]吟

---

7 普魯斯特《女囚》，頁一九五。

8 Rechard Davenport-hines《巴黎一九二二，普魯斯特》，呂玉蟬譯，台北市：聯經出版公司，頁二九六。

9 薩提兒歌隊（Greek chorus of Satyrs）為原始的悲劇的歌隊，其經常活動的境界是一種「理想的」境界，一個高踞於現象外觀世界之上的境界。以虛構的自然空中樓閣和虛構的生靈建構起悲劇的基礎，薩提爾歌唱隊和有教養的人的關係一如酒神音樂與文明的關係。尼采引華格納的話說：「音樂使文明黯然失色」，以回溯薩提兒歌唱在古時候使希臘有教養的人相形見穢來說明悲劇以形上的智慧安慰人們。筆者引用以指稱普魯斯特作為身體力行的藝術化生命角色所具有的理想性。整理自：尼采《悲劇的誕生》，頁一一二。

唱角色的任務，完成了從世界的心靈裡宣告真理的「理想」形式，便融入合唱隊中，看似失去了身影，合唱隊千古的傳唱，卻讓世人開始認識了真理，這種真理帶來莫名的心靈轉化與撫慰。認識他的生命和作品，就像「看悲劇時，一種形而上的慰藉，使我們暫時逃脫事態變化的紛擾。我們在短促的瞬間真的成為原始生靈本身，感覺到它的不可遏止的生存欲望和生存快樂」[10]。

「普魯斯特的小說具有史詩的地位，因為作者不是把自己的生命置於小說之中，而是把自己的生活當作一部作品」[11]，作者因此隨著作品的完成完完全全消融在作品中，也因此與時間和未來同在。一九六八年宣布「作者已死」[12]的羅蘭・巴特（Roland Barthes）這麼詮釋普魯斯特；傅科也指出：普魯斯特、卡夫卡是「作者已死」這類寫作觀轉向的代表：「書寫與死亡由於寫作者的重要性完全消失而連結在一起：寫作者把自己變成了他自己寫作的犧牲品」[13]。而藝術品又是什麼？班雅明說：藝術品就是一種存在，如同你我、自然就是「在那兒」，它不傳達訊息，而是你看到什麼，作品有其內在性，朝向其未來的生命漸趨成熟乃是作品的本質。

「藝術，除了藝術別無他物，它是使生命成為可能的偉大手段，是求生的偉大誘因，是生命的偉大的興奮劑」[14]。對於覺悟到自己與生俱來的藝術創作使命，並化作具體行動的普魯斯特而言，苦難的終點，是超越、是踰越自身，爬升到尼采藝術形上學的無上境界，也就是傅科生存美學的改寫自我的實踐。也因此，苦難成為普魯斯特甘之如飴的事；這種苦難，是閃耀著神聖的光輝，也是「巨大的喜悅的一種形式」[15]。為了這種美的完成，作為藝術家的普魯斯特，必須放棄許多事物，終生踐行一種藝術家的哲學，那是一種尼采呼籲人要在這個就像一件自我

10 尼采《悲劇的誕生》〈作為藝術的權力意志〉，頁七〇。
11 楊大春《文本的世界》，北京市：中國社會科學出版社，一九九八，頁三一七。
12 巴特認為文本（text）其意義為織物，強調其生成、編織的延展不已，意指過程中「主體隱沒於這織物」——這文（紋）理內，自我消融了。引自羅蘭・巴特《S/Z》，屠友祥譯，台北縣：桂冠圖書公司，二〇〇四。
13 傅科（M. Foucault）〈何為作者〉（Language, counter-Memory, Practice）的報告，一九六三，頁一一三。
14 尼采《悲劇的誕生》〈作為藝術的權力意志〉，頁七一四。
15 尼采《悲劇的誕生》〈作為藝術的權力意志〉，頁七一四。

生成的藝術品的世界中自我的修煉：第一、作為一個自我塑造者，一個隱居者；第二、像迄今為止的藝術家那樣，在某種質料方面，做一個小小的完成[16]。

普魯斯特實踐了藝術家哲學的工夫，他隱居、自我塑造，更在文學上做了一件「大大的」完成。

一九〇八那年之後……

一九〇八年是普魯斯特藝術創作生涯轉折的重要一年。當年，普魯斯特在甚至坐車外出一天兜兜風的樂趣都受限的身體狀況下，念茲在茲創作一部長篇小說的心願卻更加蠢蠢欲動。

在後世稱作「一九〇八年記事本」裡頭，寫滿普魯斯特構思小說過程中舉棋不定的心情：「應該寫一部小說呢？還是一部哲學研究？我是小說家嗎？」[17]從高中時期即開始接受哲學訓練的普魯斯特，對康德美學、柏格森哲學的研究非常深入，這也是他在動筆之前會思考寫一部哲學著作的可能性。在此同時，由於不認同當時名重一時的文學評論家聖伯夫（Sainte-Beuve, 1804-1869）的觀點，他也寫了一本後世整理後出版的《駁聖伯夫》（*contre Sainte-Beuve*），書中的觀點儼然就是他後來接著進行《追憶》的創作觀點。他在書中說：

我愈來愈不將理性看為首要，隨著日子的增加，我愈來愈明白如果要捕捉過往的經驗，唯獨要揚棄的就是理性，才能夠捉得住屬於作者自己的東西，以及那唯一能創造出藝術品的材料；理性所交代給我們的「過去」並不是真正的過去，實際上就像某些傳說中的陰魂故事一樣，我們生活的每一個小時一旦消逝，就立即隱藏，借宿在某一件物體裡，失去的時光就被囚禁，再也無法逃脫，除非我們再度與那個物件相逢，透過物質，我們又認出了那一段失去的時光，我們呼喚她，

16 尼采《悲劇的誕生》〈作為藝術的權力意志〉，頁六七二。
17 張寅德《意識流小說的先驅——普魯斯特及其小說》，台北市：遠流圖書公司，一九九二，頁二一一。

她就被救出來。18

這是一九五四年方被發現整理出版的未完成作品。

讓我們再回到一九〇九年。普魯斯特幾經思索，終於開始寫了幾卷書稿送給《費加洛報》，打算以連載方式進行他的小說。總編輯 Calmette 卻在一九一〇年退回了書稿，普魯斯特也從此閉門寫作。

一九一四年，幾經波折的首卷《在斯萬家那邊》完稿，還是作者本身出資印刷才得以出版的。四十二歲的普魯斯特，終於被世人肯定其創作才華。第二卷《蓋爾芒特那邊》和《重現的時光》也接著宣告即將面世。緊接著，一九一九年法國重要的龔固爾文學獎頒給普魯斯特，他的文學地位因此一路扶搖直上。附庸風雅唯恐落於人後的巴黎上流階層，人人開口必稱普魯斯特，沙龍裡的言談，也總是繞著小說中的人物打轉；作品介紹到英國後，引起的重視，甚至遠超過當時還對他的寫作風格不無質疑的法國文化界。總之，普魯斯特聲名大噪，大家迫不及待引頸期盼他新作的現身。相較於長久以來的孤軍奮鬥，堅持不讓自己的生存等於一個偶然。對自己以生命作為文本的嘔心瀝血之作，遲來的榮耀並沒有帶給他多少喜悅，因為他知道，自己的健康已是強弩之末。

在此之前，醉心文學、並一心想以創作人生為職志的普魯斯特，雖然編過幾期雜誌、寫過幾篇文章、甚至在法國前輩作家阿納托·法蘭西（Anatole France, 1844-1924）作序推薦下，在一八九六年出了第一本取名《悠遊卒歲錄》（*les Plaisirs et les Iours*）的書，很不幸的，這一牛刀初試的經驗卻是挫敗的。之後，普魯斯特沉寂多年，未曾有過新的作品問世。就在這個時期，他開始醞釀創作他生平的第一部長篇小說，也就是被後人視作《追憶》前身的《讓·桑德伊》（*Jean Santeuil*）自傳體小說。這本半途而廢的作品，直到他去世後才重新被發現並整理

18 本文來自普魯斯特在《駁聖伯夫》一書，引自威廉·參孫《普魯斯特》，台北：城邦文化集團，二OOO，洪藤月推薦導讀；鄭克魯〈一針見血的批評—普魯斯特對聖薄夫的批駁〉，“*China Academic Journal Electronic Publishing House*”，http://www.cnli.net.1944-2008.

出版。書的內容嚴格說來，尚構不成為一本所謂的「小說」，倒是自傳成分濃厚。書中主要人物，多出自普魯斯特進出一般人難以企及的高貴沙龍所認識的社會名流和藝術家。

中產階級出身的普魯斯特，得以結識當時巴黎社交界的代表性人物，乃源於在一次沙龍中認識了羅貝爾．德．孟德斯鳩伯爵（le comte Robert de Montesquiou），之後兩人互動頻繁，伯爵也不吝將普魯斯特介紹給一些進出沙龍的貴族名人，遂開啟了作家對另一個世界的認識。他就像波特萊爾一樣，以一種化身微服出遊的王子般的旁觀者身分，躋身周旋於充斥著虛假、變化萬端社交風貌的衣香鬢影中，普魯斯特臉上和心靈的兩對眼睛卻是忙碌的，他那如若探針般敏銳的觀察力，硬是穿透那些光鮮耀人的打扮和唬人的階級頭銜，興味盎然的欣賞人們如演員般即興演出的生命劇碼。在浮誇言談的包裝底下、令人目不暇給的人性，在人際活動中所展現的種種扭曲和變形，無一逃過他的法眼。但他卻是懷著悲憫的心情，將所有人都作為自我生命反思的鏡子，同時也深深陷入人生這場既荒謬卻又處處生機盎然的思考中。這些經驗，恰恰也是一個創作者所亟需的。

在普魯斯特因喪親而退出社交圈蟄居的時間裡，他也開始專注在他原本就花過時間研究的英國美學家拉斯金（J. Ruskin, 1819-1900）關於建築美學的系列著作，並在拉斯金去世的一九〇〇年發表多篇文章，更隨身帶著他的著作，到威尼斯針對著作中的建築進行實地考察，並於一九〇四至一九〇六年間，完成拉斯金的《亞眠的聖經》、《芝麻與百合》著作的翻譯工作[19]。翻譯工作不僅讓他認識到拉斯金著作的精神生活的美學原則，也增加了普魯斯特對語言的敏感性。在譯本序文中，普魯斯特寫道：

他（拉斯金）從一個想法跳到另一個想法，似乎缺乏任何頭緒。其實，他的隨心所欲和高級邏輯之間有著深刻的聯繫，這一點他自己並不一定清楚。以至於到

19 張寅德《意識流小說的先驅──普魯斯特及其小說》，台北市：遠流圖書公司，一九二二，頁一五。

最後他才發現原來自己不知不覺中遵循了某種秘密的提綱；提綱直到最後才揭開面紗，反過頭來給全部的思想理出了一個頭緒，使人們看見，這提綱是層層相疊，一直通達最後的巔峰的。[20]

這段話也成為他創作《追憶》的美學風格和架構整部小說的初胚，在他以跳躍的意識帶著人有如闖入潛意識迷宮的抒情長句中，即可見到拉斯金的影子。

每一位作家都有雙重身分，其一是生活著的作家，另一個則是創作著的作家。這兩者是截然有別的主體。生活中親身的經歷，與作家的心靈經由作品所折射出的世界，也是不可等同的。以經驗世界而言，普魯斯特是單薄且無能的；但若以體驗的深刻而論，他卻有獨到的天賦，將生命中體驗過的每一個碎片，全都轉化成為一個全新的精神體，也就成為一種生存的美學形式，而不僅僅停留在心理學層面或是白描手法所展現的淺薄現實層面上。

以《追憶》著名的《重現的時光》為例，即是深刻描述流變生命和世界讓人無處可逃的精彩之作。他描述一場「骷髏的舞會」，讓多年不見的公爵、伯爵、貴夫人，歷經戰後不變的仍穿著華麗地出席宴會。戰後的沙龍場面依然熱絡，但高齡卻給他們每個人繫上了鉛鑄的鞋子，時間別出心裁地為每個人打造出不同的衰老印記。書中的主人翁馬歇爾就像普魯斯特，大半生穿梭在社交生活中，浪費了無數寶貴時光，最後，當一位顫巍巍走來的公爵夫人對著他說：「你總是顯得那麼年輕」時，一語驚醒了他。在人群中，他有史以來遇上了照清楚自己和他人的第一面真實的鏡子，也終於頓悟到開始動筆寫那篇他構思已久的小說的時機到了。社交生活點滴、所接觸的人物無一例外的全供作他巨細靡遺地描繪人物的原型。他獨樹一幟的意識流筆法，加上曲折蜿蜒的對自己和各種人物情境的犀利分析，既寫實卻又是虛構式的。閱讀他的作品，有如重返一次大戰前後的法國巴黎社會，卻有機會回到每個人的精神王國。

20張寅德《意識流小說的先驅—普魯斯特及其小說》，頁一七。

進出沙龍的普魯斯特，就像一台生活的紡紗機，藉心靈和感官敏銳的感受，穿梭捻就而成色彩繽紛的紡線，夜以繼日、毫不停歇的，趁著肉身機器還能轉動的每一刻，為後世織就了一幅永不褪色的美麗織錦；又像一位生命的鍊金師，不斷熬煉生活中的點點滴滴材料，以藝術家永不妥協的權力意志，他深知欲完成一件無可匹敵的藝術品，唯一的方法就是：活著之時，寫作之外仍是寫作，排除一切和寫作無關的東西，直到生命的最後一刻。就像他的朋友在普魯斯特躺著、結束了苦難的房間所說的：「除非讓出自己的生命，無法創造出如此大批人物」[21]。這些人物，是普魯斯特不顧肉身安危，為了建構一座「時光的大教堂」而遊走蒐羅而來的珍貴建材，普魯斯特既是構思整體結構的建築師，同時也是花了十三年打造這棟宏大建築的唯一工人。

貴族的世界，對生活經驗極為貧乏的普魯斯特而言，無時不對他的生命造成「震動」。這種震驚體驗，讓普魯斯特所特有的感性直觀，無時不被這種生存體驗攪動，反而加深他對社會生活的真實性進一步洞察的機會。對多數時間在孤獨中生活的普魯斯特而言，沙龍的經驗也成為他生活整體的特殊經驗。他的反思讓他見人所不能見：「世上危險的是人們所做的社交安排，然而就它本身而言，它並不能使你變得平庸，就像一場可歌可泣的戰爭不會把一個蹩腳詩人變得超凡出眾一樣」[22]。在人際活動中，他的理性是清醒的，精神卻隨著感受自在徜徉，並汲汲採擷諸多形象、氣息、光影、聲音等等具有意義的材料，這些材料都自動儲存在潛意識資料庫中，成為他寫作或沉思過程中不經意浮現的「非自主性回憶」，並化作文字的內蘊，而形成一種班雅明所說的「震驚的體驗作為潛意識的內容，透過『非自主性回憶』被賦予一種詩性的結構」[23]。

普魯斯特本就具有非凡的氣質，在人群中、在孤獨中，他總能將眼睛或心靈

21 Rechard Davenport-hines《巴黎一九二二，普魯斯特》，呂玉蟬譯，台北市：聯經出版社，頁二八一。

22 普魯斯特《重現的時光》，頁二四四-四五。

23 班雅明《發達資本主義時代的抒情詩人—論波特萊爾》，張旭東、魏文生譯，台北市：臉譜出版社，二〇〇二，頁五六。

的注視發揮析光儀的穿透作用，將一般人無法看見的事物本質，析出不同的光譜。海德格說「詩人是在世界的黑夜更深地潛入存在命運的」[24]，普魯斯特即是以其獨特的靈蘊（aura）[25]讓藝術成為他命運的救贖。

24 海德格（Martin Heidgger）《林中路》，孫周興譯，台北：時報文化公司，一九九四。

25 aura靈蘊，也譯作「氣息」。是班雅明獨創的一個極富內涵的概念。班雅明認為aura無疑是藝術最後的守護神，它對立於感官的訓練，把人直接帶入過去的回憶之中，沉浸在它的氛圍中。同時，氣息賦予一個對象「能夠回頭注視」的能力，而成為藝術品的無窮盡的可欣賞的泉源。他也指出現代機械文明帶來的震驚卻使aura不復再現。詳見班雅明《發達資本主義時代的抒情詩人—論波特萊爾》，頁六三。

普魯斯特生平年表

年份	生平記事
一八七一年	馬塞爾・普魯斯特於七月十日出生於巴黎近郊的奧特爾市拉封丹街九十六號，父親阿德里安・普魯斯特是醫學教授，母親珍娜・威爾。普魯斯特為長子。
一八七三年	弟弟羅貝爾出生。家遷居至馬勒塞爾布大道九號。
一八七八年	自此每年復活節隨父母前往父親故鄉伊利耶度假。
一八八〇年	九歲的馬塞爾罹患哮喘病，終生未癒。
一八八二年	馬塞爾十月進貢多塞中學求學。
一八八六年	因一八八五年生病，次年重讀二年級，進最高班——修辭班，初展天資。

一八八八年	中學最後一年哲學班，深受老師達爾呂先生影響。
一八八九年	獲文學士學位；提前以自願兵在奧爾良入伍。
一八九〇年	進入政治學院，主修一些哲學課程，並在巴黎大學修習柏格森講授的課程。柏格森在一八八九年發表《時間與自由意志：論知覺的直接材料》論文。
一八九二年	以儐相參加柏格森婚禮；為《盛宴》雜誌撰文，哮喘病發作開始惡化。一些文章收錄在《悠遊卒歲錄》。
一八九三年	與孟德斯鳩伯爵首次相識；獲法學士學位；為《白色雜誌》撰稿，並旅居法國和瑞士。
一八九四至九五年	三月獲文學士學位；六月經考試被馬札蘭圖書館錄用為館員，申請並獲准長假；九月開始寫《讓．桑德伊》。發生德雷福斯事件，普魯斯特和上層階層某些觀點有所出入。外祖母去世。
一八九六年	第一部著作《悠遊卒歲錄》出版。一八九六至一九〇四年《讓．桑德伊》這本千頁小說未完稿。一九五二年後人整理後發表，其中可見到《追憶》的小說架構。

一八九七年	因受讓・洛蘭在報上的「侮辱」，與之決鬥。
一八九八年	力主重審德雷福斯案件。
一九〇〇年	兩度造訪威尼斯；在《費加洛報》發表有關美學家拉斯金的研究文章《拉斯金的朝聖》，又在《法國信使》刊物發表〈拉斯金的在亞眠聖母院〉一文；三月辭圖書館工作，十月全家遷居古塞爾街四十五號。
一九〇二年	遊比利時和荷蘭。
一九〇三年	十一月二十六日父亡。在《費加洛報》發表多篇文章。
一九〇四年	持續在《費加洛報》發表文章，翻譯出版拉斯金的《亞眠的聖經》，並寫序。
一九〇五年	九月二十六日母亡；普魯斯特住療養所。為拉斯金《芝麻與百合》作序。開始撰寫《追憶似水年華》章節。
一九〇六年	在凡爾賽小住，後遷居奧斯曼大道一〇二號；普魯斯特翻譯拉斯金著作《芝麻與百合》出版。

一九〇七年	首次住卡堡大旅館；由阿戈斯蒂耐里為其開車遊覽諾曼第。在《費加洛報》發表《閱讀日記》，該報也陸續發表普魯斯特相關文章。
一九〇八年	二月至三月在《費加洛報》上連續發表基於勒穆瓦納事件的擬作多篇；撰寫《駁聖伯夫》；醞釀《追憶》。旅居凡爾賽。
一九〇九年	開始撰寫《重現的時光》的最後部分。
一九一二年	報刊上發表了《在斯萬家那邊》的選段；出版商不願接受出書。
一九一三年	十一月《在斯萬家那邊》由作者自費在格拉榭出版社出版。
一九一四年	小說原計劃中的第二卷《蓋爾芒特那邊》的節選在《法蘭西報》發表；普魯斯特最後一次旅居卡堡。
一九一六年	離開格拉榭，此後作品改由新法蘭西評論社（即伽利瑪出版社）出版。
一九一八年	《在少女倩影下》於十一月印畢。

一九一九年	三月《擬作和雜記》出版；六月遷出奧斯曼大道，暫棲羅蘭——皮夏街八號女演員萊雅娜家，十月遷入阿默蘭街四十四號，在此住至逝世；十一月十日《在少女倩影下》獲龔古爾獎。
一九二〇年	《蓋爾芒特那邊》上卷出版；發表論福樓拜的文章。
一九二一年	《蓋爾芒特那邊》下卷出版；《索多瑪與娥摩拉》上卷出版；發表論波特萊爾的文章。
一九二二年	四月《索多瑪與娥摩拉》下卷出版；十一月十八日與世長辭。
一九二三年	《女囚》出版。由普魯斯特弟弟負責他全部作品。
一九二五年	《女逃亡者》出版。
一九二七至三〇年	《重現的時光》出版；普魯斯特相關文集出版；一九三〇年書信集出版。
一九五二年	《讓・桑德伊》出版。

一九五四年	《駁聖伯夫》出版；《追憶似水年華》出版，由伽利瑪出版社在「七星叢書」中出版三卷評註本。
一九七〇年	《普魯斯特書信集》第一卷出版。

（本附錄節錄自南華大學生死學研究所碩士論文〈普魯斯特《追憶似水年華》之研究：閱讀、回憶、自我書寫的生存美學實踐〉，張秋蘭，二〇一〇年。）

國家圖書館出版品預行編目資料

親愛的馬塞爾今晚離開我們了：普魯斯特的最後一頁 / 亨利・哈齊默（Henri Raczymow）著；陳太乙譯.
-- 初版. -- 臺北市：大塊文化，2018.08
面；　公分. --（mark ; 140）
譯自：Notre cher Marcel est mort ce soir : roman

ISBN　978-986-213-906-6（平裝）

1. 普魯斯特（Proust, Marcel, 1871-1922）2. 小說 3. 文學評論

540.932　　107007406